脳漿炸裂ガール
nou shou sakuretsu girl
原案：れるりり
著：吉田恵里香
イラスト：ちゃつぼ
私は脳漿炸裂ガール

稲《いな》沢《さわ》はな
ハナの憧れの親友。
『腐った卵』となり、
自我を失っていたが……？
味《あじ》田《た》レイコ
ハナと仲のいいクラスメイト。
実は、記憶をなくしたパッチで…？

市《いち》位《い》ハナ
『黄金卵の就職活動《ジョブハンティングゲーム》』で
『脳漿《のうしょう》炸《さく》裂《れつ》型』と認定
された少女。

HANA
INASAWA
JUUN
TASHINO

SEIGI
KOJI
HANA
ICHII
REIKO
AJITA
DAIJI
KUBOGA

「ハナさえ笑っていてくれれば、
私はなにもいりません。
だからお願い……お願いよ」

目次

contents

脳漿炸裂ガール

私は脳漿炸裂ガール

原案／れるりり
著／吉田恵里香

19281
角川ビーンズ文庫

口絵・本文イラスト／ちゃつぼ

プロローグ：一蓮托生、朽ち果てて

どうしてこんな事になってしまったの。

自問自答を繰《く》り返しても答えはちっとも見つからない。

どうしようもない焦《あせ》りと後悔《こうかい》だけが混沌《こんとん》とした頭に渦巻《うずま》く。ほしい答えはそれではないのに【絶望】という二文字ばかりが浮《う》かび上がってくる。喉《のど》の奥がギュウと窄《すぼ》まり、息がうまくできない。

一向に止《や》む気配のない雨に打たれながら私は大好きな彼女の顔を眺《なが》めていた。

腕《うで》の中にいるハナはピクリとも動かず、頭からは血が溢《あふ》れだしている。何度雨がそれを洗い流しても、彼女の額は赤く染まってしまう。体温も奪《うば》われていき、ハナの体は青白く生気を失っていく。街灯に照らされて、ぬらぬらと傷口が光っていた。

医療《いりょう》についての知識がない私でも分かる。

この怪我《けが》は私がどうこうできるものではない。

このまま放《ほう》っておけば、彼女が息絶えるのは時間の問題だ。彼女はバイクにぶつかった衝撃《しょうげき》で私の記憶《きおく》を失っている。誰《だれ》か分からない女の胸に抱《だ》かれたまま死ぬのだ。

こんな空《むな》しい死に方、させられない。だけど、私には何もできない。ハナの生命の灯《ともしび》が今にも消え入ろうとしているのに、私はそれをただ眺めることしかできない。

なにが一蓮托生だ、なにが運命共同体だ。

苦しんでいるのはハナだけじゃないか。こんなに近くにいるというのに、なんて無力。なんて役立たずなんだろう。

「ごめんなさい……私のせいで」

返事がないことは分かっている。

けれど彼女に謝らずにはいられない。雨で濡《ぬ》れて、べったりと額に張り付いた前髪《まえがみ》はそのままに、ハナを抱きしめた。人形のような彼女の体はぐったりと重たい。無能で愚《おろ》かな私は再度、自分に問いかける。

「どうしてこんな事になってしまったの」

私が父を襲撃《しゅうげき》したいなんて言わなければ。私が腐《くさ》った卵のまま自我を失っていれば。私がハナを巻き込まなければ。私がハナから携帯《けいたい》を受け取らなければ。私が檻《おり》の中で頭を撃《う》ち抜《ぬ》かれていれば。私が兄さんを助けたいなんて思わなければ。私がもっと早く父の企《たくら》みをとめることができていれば……。

過去の私が、こんな未来を招いた私に叫喚《きょうかん》して責め立てる。

幾《いく》千もの後悔が私の体を引き裂《さ》いていく。拭《ぬぐ》っても拭っても涙《なみだ》は瞳《ひとみ》の中で膨《ふく》らみ、次から次へと頬《ほお》を伝っていった。

全部全部、私のせいだ。

ハナはいつでも優《やさ》しくて、私はいつも彼女を裏切ってばかり。

あの忌々《いまいま》しい『**黄金卵の就職活動**《ジョブハンティングゲーム》』の時だってそう。

本心を偽《いつわ》り、優しさにつけ込み欺《あざむ》いた私を、彼女は許してくれた。頭を撃たれた私を見捨てず、ずっと一人で戦ってくれた。もっと早く、彼女を元の世界に戻《もど》してあげるべきだったのに。この戦いは、私の家族の問題だったはずなのに。

今目の前で起こっている悲劇は――この怪我も、彼女が私のことを忘れてしまったのも――全部ハナの優しさに甘えていた私への罰《ばつ》なのだ。


「なんでなの？」

空を仰《あお》ぎ、存在するか分からない神に私は問う。

「なんで私じゃなくて、彼女なの？」

あらゆる苦痛全《すべ》て、私に担《にな》わせてくれればいいのに。ハナは何も悪くない。私はそうされても仕方ない自業《じごう》自得の人生を歩んできたのだから。

「彼女にだけ……惨《むご》すぎる」

堪《こら》えきれず嗚咽《おえつ》が漏《も》れる。ハナを抱き寄せて、私は泣いた。子供のように感情を爆発《ばくはつ》させて、わんわんと喚《わめ》いた。

「もうこんなことなら、いっそ」

「いっそ、なんだと言うんだ」

ゾッと背筋が凍《こお》りつく。突然《とつぜん》背後から声が響《ひび》いたが、私は振《ふ》り返らなかった。確認《かくにん》するまでもない。声の主は私が心の底から憎《にく》んでいる、あの男である。

「始末するなら一思いにどうぞ、お父様」

しかし男が動く気配はない。

「はな、君に選択肢《せんたくし》を与《あた》えよう」

予想外の展開である。

自分の命を狙《ねら》った娘《むすめ》に、彼は慈悲《じひ》をかけようとしているのだろうか。

「選択肢?」と、言葉を繰り返しながら、私はやっと父の顔を見やった。漆黒《しっこく》の大きな傘《かさ》をさした男たちが彼を支えるように立っていた。銃弾《じゅうだん》を受けた足には包帯が巻かれ、血が滲《にじ》んでいる。しかし彼は痛みを感じていないかのように悠然《ゆうぜん》と、そして勝ち誇《ほこ》った笑《え》みを浮かべながら、私を見下ろしていた。

「慎重《しんちょう》に考えたまえ……君の親友の為《ため》にもね」

これは私と彼女の、最後の物語。

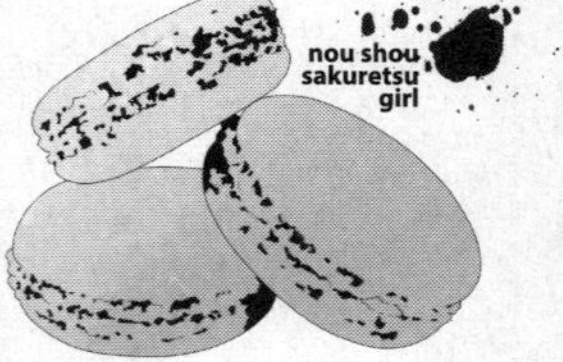
nou shou
sakuretsu
girl

一章：大好きで大切な人の大好きで大切な人

この感情、どう表したらいいんだろう。

必死に登っていた梯子《はしご》を突然外された時の失望？　命綱《いのちづな》を切られたみたいな時の絶望？　必死に向かった出口が行き止まりだった時の落胆《らくたん》？　底なし沼《ぬま》に落ちて、ずぶずぶと体が沈《しず》んでいくような恐怖《きょうふ》？

とんでもなく高いところから突《つ》き落とされて、硬《かた》い地面に猛《もう》スピードで叩《たた》きつけられて、その地面を突き破り、その下にあった冷たくて真っ暗な水底深くにブクブクと沈んでいくみたいな衝撃《しょうげき》……なんかじゃ全然足りない！

ズキズキヒリヒリ、全身を切りつけるような、言いようのない悲しみが私を襲《おそ》っていた。

こんな気持ちになるのは人生で二度目。『黄金卵の就職活動《ジョブハンティングゲーム》』で、はなちゃんが私を裏切っていたと知ったあの時——彼女と田篠《たしの》が兄妹《きょうだい》であると分かった時と同じだ。

大勢のクラスメイトの自我を奪《うば》い、私たちを不幸のどん底に陥《おとしい》れた田篠珠雲《じゅうん》。

どうして彼が私の乗った車を運転しているの？　どうしてはなちゃんは平然とした顔をしてこの状況《じょうきょう》を受け入れているの？

今、目の前で起こっている事何ひとつとして、私にはさっぱり理解できなかった。パニック状態の私は、ただククとくぐもった笑い声をあげる田篠を睨《にら》みつけることしかできなかった。

「そんな怖《こわ》い顔して、可愛《かわい》いお顔が台無しですよ」

田篠に再び話しかけられて、全身が粟立《あわだ》つ。

どう反応すればいいか分からず硬直《こうちょく》している私の頰《ほお》に暖房《だんぼう》の生暖かい風があたる。

さっきまであんなに心地《ここち》よかったのに、なんだか奴《やつ》に撫《な》でられているような錯覚《さっかく》を覚えて私は頰をゴシゴシと擦《こす》った。

「疲《つか》れたでしょう、少しお休みなさい」

猫《ねこ》なで声を出す田篠。さっきから口を噤《つぐ》んでいるはなちゃん。無反応のまま座っているレイちゃん……みんながみんな不自然なこの状況が気持ち悪すぎる。

擦られた頰がジンジンと疼《うず》いて存在感を主張してきて腹立たしい。

同じ空間で同じ空気を吸っていると思うだけで吐《は》き気がして、肺を両方取り出してゴシゴシ丸洗いしたい気分だった。

「嫌《いや》っ!!」

硬直が解けた途端《とたん》、私は叫《さけ》んでいた。

いてもたってもいられなくなって私はレイちゃんを押しのけて車のドアに手を伸《の》ばした。何度動かしてもドアはピクリとも動かず、取っ手がガチャガチャと空《むな》しく音を立てるだけだ。田篠がコントロールしているのかロックが外れない。

もう片方の手で、力いっぱいバンバンと窓ガラスをたたくが、勿論《もちろん》窓はヒビひとつ入らない。

変化したことといえば、私の掌《てのひら》がジンジンと痛みだした事と、窓ガラスに手形がベタベタとついたくらいだ。

「だして、だしてよ!」

突然《とつぜん》、脳裏《のうり》にあの風景が浮《う》かぶ。

檻越《おりご》しにみた聖アルテミス女学院の薄暗《うすぐら》い教室——私はまた、田篠に閉じ込められたのだ。

「おろして、今すぐに！」

何度も訴《うった》えるが、田篠は一切《いっさい》反応しない。

反応しないどころか心なしかドライブを楽しんでいるようにも見える。彼の表情は実に穏《おだ》やかで、いつ鼻歌が聞こえてきてもおかしくない感じだ。

「車、早く停《と》めなさいよ!!」

「ハナ、落ち着いて」

代わりに反応したのは、はなちゃんだった。彼女の顔は今まで見たことないくらい強張《こわば》っている。

「なんでこいつが、ここにいるわけ!?」

声を荒《あら》らげる私に、彼女はそっと寄り添《そ》う。

「ちゃんと説明するから、お願い……私たちには時間がないの」

はなちゃんの口ぶりは、駄々《だだ》をこねる子供を慰《なぐさ》めているときみたいだ。

え、なんでちょっと私が悪いみたいな空気出してるの？

彼女の態度が更《さら》に私を苛立《いらだ》たせる。

「また、私を騙《だま》したの⁉」

こんな言い方したくないのに。

はなちゃんが悲しむって分かっているのに、勝手に口が動いてしまう。

今までにないくらい、私は彼女に怒《おこ》っていた。

変な話だけれど聖アルテミス女学院での裏切りよりも、怒《いか》りは大きい。だって私は心の底から信じていたんだもん。もう二度と私たちはお互《たが》いを裏切らない、はなちゃんと私は一蓮托生《いちれんたくしょう》だって。

「二人で何を企《たくら》んでるわけ⁉」

こんな仕打ちひどすぎるよ、はなちゃん。私の同級生たちを、古寺《こじ》先生を、久保賀《くぼが》をあんな目に遭《あ》わせた田篠と、こんな形で再会させるなんて。

「違《ちが》う、違うのハナ！」

「何が違うの、今までずっと黙《だま》ってたくせにっ⁉」

自分でもひくくらいヒステリックに、私は彼女に怒鳴《どな》り散らす。

「お願い、話を聞いて」

彼女が私の手に触《ふ》れた瞬間《しゅんかん》、

「やめてっ！」

私は反射的にその手を振《ふ》り払《はら》っていた。

「あっ……」

ハッと我にかえって、はなちゃんをみやる。その表情から彼女が傷ついていることは一《いち》目瞭然《もくりょうぜん》だった。大きな瞳《ひとみ》にうっすら涙《なみだ》が滲《にじ》んでいる。

はなちゃんを泣かせたくなんて、ないのに。

被害妄想《ひがいもうそう》だと分かっているのに、無表情のまま座っているレイちゃんが、私を責めているように見えて仕方がない。

「あ、えっと……」

頭にのぼっていた血が一気に引いて、ゴツンと窓ガラスに頭を押し付ける。

ひんやりと冷たい感触《かんしょく》がゆっくりと私を冷静にさせていく。ゆっくりと呼吸を整えながら、私は自分自身の行いを責めた。

命の恩人であるはなちゃんの話も聞かず拒《こば》んでしまうだなんて。

ガラスを伝って、走行する車の振動《しんどう》が体に響《ひび》く。田篠はこちらの様子を一切気にしていないようである。彼はスピードを緩《ゆる》めることなく車を進めていく。

「……ごめんなさい」

もっと早く言わなければならなかった言葉を絞《しぼ》り出して、頭をさげる。

「ううん、いいの」

はなちゃんはこちらを一切責めることなく悲しげに微笑《ほほえ》んだ。さっき私に振り払われた右手で彼女はツインテールをいじり続けている。ホテルのベランダからプールに飛び込んだせいで、いつも艶《つや》やかに波打っている彼女の髪《かみ》の毛がくすんで見えた。自我を失っている時も、はなちゃんはどこか凛《りん》としていたけれど、今の彼女はどこにでもいる普通《ふつう》の女子高生にみえる。それだけ彼女にとって田篠は大切であり、弱点でもあるのだろう。

「もう分かっていると思うけれど……二人の騎士《ナイト》の正体は、兄なの」

はなちゃんの声は暖房《だんぼう》の送風にかき消されそうな程《ほど》、小さい。

「ずっと私たちの手助けをしてくれていたの」

私は唇《くちびる》をかみしめる。

おかしなクイズばかり出題する謎《なぞ》の協力者の正体が、古寺先生や久保賀なのではないかと勝手に期待してしまった自分が馬鹿《ばか》みたいだ。

はなちゃんが協力者の正体を明かさない理由をもっと追及《ついきゅう》しておけばよかったと今さら後悔《こうかい》する。

「兄は私たちの味方よ、安心して」

信じたいのに、はなちゃんの言葉が信じられない。

はなちゃんが田篠を助けるために**黄金卵の就職活動**《ジョブハンティングゲーム》を闘《たたか》ってきたことも、それにより多くの人を犠牲《ぎせい》にしてきたことも知っている。なりふり構わず全身全霊《ぜんれい》をかけて守ってしまうくらい、はなちゃんにとって、兄である田篠珠雲が全《すべ》てだったのだ。

彼女が私と田篠を天秤《てんびん》にかけた時に、勝てる自信なんて全然ない。

はなちゃんと私との絆《きずな》とは比べものにならないくらい固く重厚《じゅうこう》なものであるはずなのだ。

もしかして私と離《はな》ればなれになっている間に結局お兄さん側につくことを選んで、私を雄三《ゆうぞう》たちの前に差し出そうとしているんじゃないだろうか？　そんな考えが頭をよぎってしまう。

私とはなちゃんのやりとりをレイちゃんは無言で眺《なが》めている。

彼女がどれだけ私たちの会話を理解しているのかは定《さだ》かではない。瞼《まぶた》にうっすらと残ったピアスの跡《あと》が目に入り、私の中でふつふつと怒りがこみあげ始める。

本を正せば、レイちゃんをこんな風にかえてしまったのも、田篠なのである。

さざなみ女子高での一連の出来事で、彼が自我を取り戻《もど》し、自分の意志で**黄金卵の就職**《ジョブハンテ》**活動**《イングゲーム》を行っていたと分かった時から、田篠には同情の余地はなくなっている。

はなちゃんにも全部説明したはずだ。なのに、なぜ二人は手を組んでいるのか。

頭の中に沢山《たくさん》の疑念が浮《う》かびあがるけれど私はどれひとつ口に出すことができなかった。

彼女に真実を尋《たず》ねるのが怖《こわ》かった。

胸の奥に大事にしまっている一蓮托生、一心同体という言葉に亀裂《きれつ》が入っていく。

私が出会ってきた全ての人間の中で一番大切で大好きな彼女に何ひとつ質問ができない自分が情けなかった。

黙っている私の心を読んだかのように、はなちゃんが口を開いた。

「最初からちゃんと説明するから……聞いてくれる？」

行動に移せずモジモジしていると、いつも、はなちゃんは私に優《やさ》しく手を差し伸《の》べてくれるのだ。

答える代わりに、私は髪の毛をいじる彼女の手に触れた。はなちゃんは私の手をぎゅっと握《にぎ》ると、息を吸い込み、深呼吸をする。

「兄の話をする前に、ハナが倒《たお》れて意識を失った後のことを話さないといけないわ」

はなちゃんはどこか遠くを見つめながら静かに語り始めた。

私が記憶《きおく》を失ったあの雨の日に起こった出来事を。

「雨の中、あなたを抱《だ》きしめて蹲《うずくま》っている私の元に、父が――雄三が現れたの」

「お父さんが？」

「そう、そして彼は選択肢《せんたくし》を私に提示してきた」

はなちゃんは言いにくそうに目を伏《ふ》せる。

「彼の出す『ある条件』をのんでハナを助けるか。条件をのまずハナを見殺しにするか―

――好きな結末を選べって」

眩暈《めまい》がした。

相槌《あいづち》も打てずに私は完全にフリーズしていた。

今まで治まっていた頭痛が始まり、ぐわんぐわんと視界がゆらぐ。だって私がこうして息をして心臓を鼓動《こどう》させているってことは、彼女は心から憎《にく》んでいる父親に屈《くっ》したってことでしょ。

そんなの、酷《ひど》すぎるし、惨《むご》すぎる。

私が怪我《けが》さえしなければこんなことにはならなかったのだ。はなちゃんに握られた手に、思わず力がこもる。

「私たちの襲撃《しゅうげき》計画は雄三には全部お見通しだった」

私に手を強く握られていても、彼女は表情を変えぬまましゃべり続ける。

「彼はそれを利用して、仲間に足を撃《う》たせて若い暴徒に襲《おそ》われた悲劇の英雄《えいゆう》に、自分を仕立て上げた。闘い続ける政治家像を築き上げるのに、私たちは利用されたの」

　さっさと話を全て終わらせようとしているのか、はなちゃんは少し早口になる。

「あの瞬間《しゅんかん》、私は恐《おそ》ろしいほど無力で、あいつに頼《たよ》るしかなかった。それに言われたの。市位《いちい》ハナが今までのことを全て忘れているのならば、傷が治った後は解放するって……だから私はその条件をのんだ。ここまでいいかしら」

「いや、いいかしらじゃないよ！」

　信じられない告白に、完全に話についていけていなかった。

「私が生き残る為《ため》に、はなちゃんが酷い目にあったなんて……そんなの全っ然嬉《うれ》しくないよ！　ていうか『ある条件』ってなに⁉」

「それはハナが知る必要はないことよ」

　彼女はピシャリと言い放ち、不満げな私に喋《しゃべ》る隙《すき》を与《あた》えない。

「あなたは記憶を失っていたの。それが一番幸せな選択《せんたく》だと思った。それに」

　はなちゃんはずっと伏せていた目線を、私に向けた。うるんだ瞳《ひとみ》は力強く私をまっすぐにとらえている。

「あなたが嬉しくなかろうが関係ない。命が救えれば良かった——もしあなたが私と同じ立場なら同じことをしたでしょ？」

そんな事を言われちゃ何も言い返せない。

もし、はなちゃんが死にかけていて助ける方法がひとつしかなかったら、藁《わら》にもすがる思いでそれを摑《つか》むだろう。

「グゥの音もでないとは正にこのことですね」

今まで黙《だま》っていた田篠が喉《のど》の奥を鳴らす。

「アンタはちょっと黙ってて！」

苛立《いらだ》ちを全てぶつけても、彼はくすくす笑いをやめようとしなかった。

はなちゃんはそんな田篠に慣れっこなのか、まるで聞こえていないように話を再開させた。

「私の祖母が経営する病院にハナは運ばれ、すぐさま手術を受けた。手術の間、私が傍《そば》で監視《かんし》していたから、おかしなことはされていないわ」

おかしなことって、ていうか監視って手術室の中にいたの？

私の頭が切られたり開かれたり縫《ぬ》われたりするグロテスクな状況《じょうきょう》を間近でみていたってこと？

ツッコミどころが満載《まんさい》過ぎて、私の口からは、深いため息が次から次へと量産されていった。

「ハナが親御《おやご》さんの元に帰る瞬間まで、病院で私はあなたを見守っていたの……その時、私は兄と再会した」

信号が赤になった瞬間、田篠はこちらを振《ふ》りかえる。

「さて、ここで市位さんに問題です」

彼は助手席に置かれた何かをゆっくりとこちらに向けた。

「この銃《じゅう》で二度、脳漿《のうしょう》を撃たれた人物はどうなるのでしょう」

彼が持っていたもの、それは自我を奪《うば》う忌々《いまいま》しいあの銃だった。

「やめてっ！」

短い悲鳴をあげて私は咄嗟《とっさ》に、はなちゃんにしがみつく。彼女は私を覆《おお》い隠《かく》すように盾《たて》となった。

「やめて？　それじゃ答えになっていませんよ？」

彼はレーザー銃を構えたままヘラヘラ笑っている。白手袋《てぶくろ》に覆われた手で今にも引き金を引きそうである。

「兄さん、やめて！」

はなちゃんが声を荒《あら》らげると、ククッと笑いながら田篠は銃を自らのこめかみに当てた。

「正解は、精神が撃ち砕《くだ》かれる、でした」

田篠は乱雑に助手席に銃を投げ捨てると、アクセルを踏《ふ》んだ。

いつの間にか信号は青になっており、後ろの車からせっつかれていたのだ。

一体今、車がどこに向かっているのか、どこを走っているのか、私にはさっぱり分からない。

どこに連れて行かれるのか恐怖《きょうふ》を覚えながら、私は彼に尋《たず》ねた。

「精神って、どういうこと？」

「腐《くさ》った卵の、更《さら》に下とでもいえばいいでしょうか」

田篠はどこか他人事《ひとごと》といったように淡々《たんたん》と言葉を続ける。

「従順な家畜《かちく》になる価値もない者……言葉通り、精神に異常をきたすのです」

「え、じゃあ田篠も？」

はなちゃんはコクリと頷《うなず》いた。

「彼と再会した時、ベッドひとつでいっぱいになってしまうような小さな病室で必死に何かを書き記していた」

その時の状況を思い返しているのか、彼女は目を瞑《つぶ》り、時折口ごもりながら事細かに描写《びょうしゃ》していく。

「私が部屋に足を踏み入れても、兄はこちらを見ようともせず、全く反応を示さなかった。アルコール臭《くさ》い病室の床《ゆか》を埋《う》め尽《つ》くすように紙屑《かみくず》が散乱していた。よくみると部屋中埃《ほこり》だらけで不潔で、とても病院とは思えなかったわ」

部屋の様子が頭で再現され、単細胞《たんさいぼう》ゆえか、私の鼻はアルコールと埃くささまでを感じ取る。むずむずする鼻をこすりあげる。

「彼はそんな部屋で延々と『試験問題』を作成していたの。私たちを幾度《いくど》となく地獄《じごく》にたたき落とした**『黄金卵の就職活動《ジョブハンティングゲーム》』**用のゲームをね……その時、私はまだ彼の異変に気づいていなかった」

そこまで話すと、はなちゃんは再び深呼吸をした。

苦しそうに喋る彼女に本当は「もういいよ、これ以上喋らなくていいよ」って言ってあげたかった。

でもそれはできない。

だって田篠がどうしてここにいるのかを、私は知る必要があるから。

真実を知らなければ、私は田篠は勿論《もちろん》、はなちゃんすらも心の底から信用することができない。

「兄と再会したら絶対しようと決めていたことがあった」

はなちゃんの声は震《ふる》えている。

「私はそれを実行しようと思った。だから私は……」

「話すのがつらいならば、続きは私が話しましょう」

ハンドルを握《にぎ》る田篠が、はなちゃんの言葉を引き継《つ》いだ。

「私の妹・稲沢《いなさわ》はなは病室に置かれていた点滴《てんてき》のチューブを手に取り、私を絞《し》め殺そうとしたんですよ」

私の手を摑んでいたはなちゃんの手に更に力がこもった。

「罪を重ねてきた兄を救う手だては、もうこれしかないと思ったの」

誰《だれ》かが殺すならばせめて自分の手で。

きっと彼女はそう思ったのだろう。

黄金卵の就職活動《ジョブハンティングゲーム》で、全《すべ》てに絶望したはなちゃんが田篠に銃で撃《う》ち殺されることを望んだ時のように。

「妹は力いっぱい私の首を絞めました。しかし神様は彼女に意地悪だった」

田篠はもったいつけるように間を空けてから言った。

「あまりに力いっぱい引っ張ったからでしょう。点滴チューブが引きちぎれてしまったんです。物凄《ものすご》い音がしましたよ。ブッヂンって、あんなパワーがあれば蛇《へび》の二、三匹《びき》は引きちぎれるでしょうね」

田篠は当時の光景を思い出したらしく「ぷふぅ」と吹《ふ》き出して笑っている。

今の吹き出し方……はなちゃんそっくりだ。

笑い方だけじゃない。伏《ふ》し目がちで喋《しゃべ》る癖《くせ》、些細《ささい》な仕草。瞳《ひとみ》の色。

時折、田篠とはなちゃんの似ている部分を見つけてしまって、こんな時なのに、やっぱり二人は兄妹《きょうだい》なんだなって痛感させられる。

「チューブが切れた勢いで、私は兄のベッドに倒《たお》れこんだ。その時になってやっと私は彼の異変に気付いたの」

握ったときはひんやりと冷たかったはなちゃんの手は、今は汗《あせ》ばみ熱く火照《ほて》っている。本当は手を離《はな》して汗を拭《ぬぐ》いたいはずだ。

それでも彼女は私の手を握るのをやめようとしなかった。

まるで握っていないと、これ以上喋ることができないみたいに、彼女の手にはどんどんと力がこもっていく。

「彼は首を絞められている間も試験問題を考える手を止めていなかった」

「え、一切抵抗《いっさいていこう》しなかったってこと？」

私の問いに答えたのは、田篠だった。

「人々が知恵《ちえ》を絞《しぼ》り、悶絶《もんぜつ》しながら謎《なぞ》を解く……その顔を見ることだけが私に唯一《ゆいいつ》残された快楽。それ以外のことはどうだっていいんですよ」

それ以外はどうだっていいって。

自分が殺されかけているのにゲームを考えることを優先するなんて普通《ふつう》しないでしょ⁉

「……田篠珠雲は、この世の全ての物事を『ゲームとして成り立つか否《いな》か』でしか判断できなくなっていた」

突然《とつぜん》、はなちゃんはフッと笑《え》みを零《こぼ》した。

「ゲームの開発者になりたかった兄にとっては、今が一番幸せかもしれないわね」

笑っているのに、彼女の表情はひどく悲しげで、とてもじゃないけど見ていられない。

だって今の田篠の状態は私が知っている幸せとは全くかけ離れているんだもん。だれがみたって今の彼の状況《じようきよう》は哀《あわ》れで悲劇そのものだ。

「そんな兄に同情した妹は、私を殺さず、共に病院から逃亡《とうぼう》することを選んだのです……分かりましたか、市位さん」

田篠の口ぶりは国語の授業で、スマホをいじるのに夢中になっていた私をさりげなく注意する時と、全く変わらない。

そんな彼に私は不気味さをおぼえ、咄嗟《とつさ》に目をそらした。

かつて抱《いだ》いていた淡《あわ》い恋心《こいごころ》はどっかに吹き飛んで、私の心を支配するのは不快感と恐怖《きようふ》だけだ。

「これが真実。信じてもらえたかしら？」

否定も肯定《こうてい》もせず黙《だま》っていると、田篠はホームルームの連絡《れんらく》をしているような口ぶりでにっこりと微笑《ほほえ》んだ。

「大丈夫《だいじょうぶ》です、ちゃんと協力しますから安心してください」

「あなたほど安心って言葉が似合わない人間もいないね」

田篠は私に構わずしゃべり続ける。

「参加すると決めましたから。『市位ハナをどこまで守り抜《ぬ》くことができるか』というゲームにね」

「ゲームって」

私は思わず田篠にツッコんだ。

「あなたにとっては人の生き死には全部ゲームで片づけられるかもしれないけど、こっちはそんな軽い言葉で片づけられたくないんだけど？」

「不快な気持ちにさせてしまったのならば、申し訳ありません」

バックミラー越《ご》しに、田篠は私に微笑みかける。

「でも、さきほど説明を受けたように、私はゲームとして成立するか否かでしか物事を判断できないものでして。そこは大目に見ていただけると助かります」

「……ごめん、はなちゃん」

私はそっと彼女に握《にぎ》られていた手を抜き取った。

はなちゃんを拒《こば》んだと思われたら嫌《いや》だから、ゆっくりと優《やさ》しく、細心の注意を払《はら》いながら、手を動かす。

「やっぱり無理だよ……私、信じられない」

「……ハナ」

「だって、私こいつに笑いかけられる度《たび》に思い出すんだよ。はなちゃんの頭を撃った時の田篠の顔を……今はおとなしくしてるだけ。はなちゃんには悪いけど、絶対私たちを裏切るに決まってる」

これが私の正直な気持ちだった。

どんなことがあろうと大好きで大切なはなちゃんにとって、田篠はどんなことがあろうと大好きで大切な相手なことは理解できる。

でもさ、いくら大切な人の大好きな相手であっても、その相手のことまでは好きになれないのが人間じゃない？　いち女子高生の私に、そんな器《うつわ》の大きさを求めるのは酷《こく》ってもんでしょう？

はなちゃんは何も言わずに、私の顔をじっと眺《なが》めている。

きっとどう私を説得するか恐《おそ》ろしく回転の速い頭で考えているんだろう。

「久保賀先生は？」

沈黙《ちんもく》を破り、声を発したのはレイちゃんだった。

「久保賀先生は、いまどこにいるんですか」

私もはなちゃんも思わず顔を見合わせる。

別にレイちゃんが空気を読まず質問を始めたからじゃない。私が命令をしていないのにレイちゃんは田篠に質問をしたからである。

「久保賀先生も病院に入院してたんですか、教えてください」

「時間がないの、余計な話はしないで」

はなちゃんに窘《たしな》められても、彼女は動じず運転席に身を乗り出し、田篠の肩《かた》にしがみつく。

「おやおや、恋《こい》は女性を大胆《だいたん》にさせるんですね」

「お願いです、教えてください！」

軽口を全《すべ》て受け流しながら、彼女は必死に田篠に迫《せま》った。

このまま放《ほう》っておけば、レイちゃんは彼に飛び掛《か》かり、事故を起こしかねない状態である。

「レイちゃん、手を放して！」

思わず声をあげると、レイちゃんはピタリと田篠に迫るのをやめて、生気を無くした腐《くさ》った卵へと戻《もど》った。

「黄金卵の効果は絶大ですね」

どこか嬉《うれ》しそうな田篠はレイちゃんの長い黒髪《くろかみ》を撫《な》でてから、そっと彼女を後部座席に押し戻した。手を放すように命じられた彼女は、両手を前に広げたまま座席に座ると、膝《ひざ》の上に手を下ろした。その動作は機械的で、なんだか不気味だ。

レイちゃんは自我というスイッチがオンになったりオフになったりする人形のようである。

「残念ながら久保賀先生と古寺先生が、どこで何をしているか私は存じ上げません……ですが」

古寺先生の名前にドキリと反応してしまう自分がいた。

そんな私のリアクションを楽しむように、田篠はいやらしい笑《え》みを浮《う》かべて私をしばらく眺めてから言った。

「意識不明の二人の青年が入院していると、病院で耳にしたことがあります。何故《なぜ》か面会謝絶で特定の看護師しか処置をすることができない謎《なぞ》の入院患者《かんじゃ》が」

生気を失いつつも、レイちゃんは田篠に質問を続けた。

「それが久保賀先生ってことですか」

「そうかもしれませんね」

「じゃあ、彼は生きているってことですよね!?」

心なしかレイちゃんの頰《ほお》は赤く染まっている気がする。はなちゃんが言うように、きっと自我を取り戻しつつあるんだろう。


「そんなの、ただの憶測《おくそく》でしょ？」

私やレイちゃんをそそのかそうとしているとしか思えなくて、思わず田篠に嚙《か》みつくも、彼は余裕《よゆう》の表情をみせている。

「ですが、彼ら二人ではないと言い切れるわけでもない、そうでしょう」

田篠は私ではなくレイちゃんを見やり、目を細める。

「どんな時でも希望の光は大切だ、ねぇ味田《あじた》さん」

愛した人が生きている可能性が浮上《ふじょう》して嬉しそうに顔を緩《ゆる》ませるレイちゃんを見た瞬間《しゅんかん》、プチンと堪忍袋《かんにんぶくろ》の緒《お》が切れる音が聞こえた気がした。

「あなたに希望なんて言葉を使ってほしくない！」

私の怒鳴《どな》り声は、狭《せま》い車内の隅々《すみずみ》まで響《ひび》き渡《わた》った。

「いい加減にしてよ！　一体、何度私たちに希望の光をちらつかせ、絶望に叩《たた》きつければ気が済むの!?」

聖アルテミス女学院での『**黄金卵の就職活動**《ジョブハンティングゲーム》』では、試験に合格すれば生きて帰れると謳《うた》いながら、結局『生還《せいかん》できるのは一人である』という事実を後出しして、私たちに仲間割れをおこさせた。

さざなみ女子高での『**黄金卵の生存闘争**《ロワイヤルゲーム》』では、田篠は「どんな願いでも叶《かな》える」と私たちの前に、ご褒美《ほうび》のニンジンをぶら下げて、黄金卵と、私たちを争わせた。風《ふう》や伊月《いつき》の力を借りて、なんとか戦いに勝ち進んだけれど、結局全ては私たちを争わせる為《ため》の嘘《うそ》だったのだ。

「困りましたねぇ、私はあなたと仲直りがしたいのですけども」

田篠はやれやれというように、車を路肩《ろかた》に停車させた。シートベルトを外して、半身をねじって振《ふ》り返ると、私に顔を近づけた。切れ長で涼《すず》しげな瞳《ひとみ》には、おびえた私の顔が映し出されている。

「では、これをお受け取りください」

彼が助手席に置かれた何かを摑《つか》む。
また銃《じゅう》か？

一瞬身構えたが、それは掌《てのひら》に収まるほど小さなスイッチだった。

「私の生き死にを、あなたに委《ゆだ》ねましょう」

生き死にを、私に委ねる？

意味が分からず、私は握《にぎ》らされたスイッチを眺《なが》める。


「おっと、まだ押さないでくださいね。押した途端《とたん》、私の頭が吹《ふ》き飛びますから」

サラリと言い放った田篠の言葉をかみ砕《くだ》くのに時間がかかり、私は一拍遅《いっぱくおく》れて後部座席にスイッチを投げ出した。

「やれやれ相変わらず読解力がないようですね、市位さんは。それは精密機械なんです。乱暴に扱《あつか》われては困りますよ」

「だ、だって意味分からないじゃん。スイッチ押したらアンタの頭が吹き飛ぶって」

「私が父に頼《たの》まれて開発した小型爆弾《ばくだん》ですよ」

田篠は髪《かみ》の毛をかき分ける。

そして後頭部にあるちいさな膨《ふく》らみを私に見せつけた。

よぉく目を凝《こ》らさないと分からないが、たしかに皮膚《ひふ》の下に異物が埋《う》まっているのが分かる。

「爆弾を監視《かんし》したい相手の急所、脳漿《のうしょう》や心臓、首元などに埋め込むのです。気に入らなければ、スイッチひとつでボンッと始末できる……ゲームを盛り上げる為に最適なスリリングな仕掛《しか》けです」

得意げに殺戮《さつりく》兵器について説明する田篠は「ねぇ凄《すご》いもの作ったでしょ？　褒《ほ》めて褒めて！」と訴《うった》える幼い子供のようだ。あまりに純粋《じゅんすい》な反応で、怒《おこ》りたくても怒ることができない。

「自我を麻痺《まひ》させなくてもこうすれば相手を服従させることができますからね……しかしこれは失敗作です。さてここで問題。どうしてこの爆弾が失敗作なのでしょうか」

再び始まったクイズタイムに、私はうんざりしていた。

「そんなこと、どうでもいいから！」

「残念……正解は、爆弾一つにかかる単価が大きすぎるから、でした」

会話が噛み合わない田篠に苛立《いらだ》ち、私は思わず舌打ちする。

「私が知りたいのは、どうしてそのコストパフォーマンスの悪い爆弾が、あなたの頭に埋まってるのかってこと！」

「おや、心配してくれるんですか。市位さん」

「心配なんてするわけないでしょ⁉」

いちいち癪《しゃく》に障《さわ》る田篠に、私のストレス指数は最高レベルまで達していた。ストレスで自分の髪の毛が全部真っ白になってからピンク色に変化して、挙句の果てに全部抜《ぬ》け落ちて頭がバーコードスタイルになっても驚《おどろ》かずに平然とお茶を啜《すす》れる自信がある。

もうこんな思い沢山《たくさん》だ。今すぐ家に帰りたかった。

ハンバーグとか焼き肉とかメンチカツとか生姜《しょうが》焼きとか、カロリー高めの肉料理をお腹《なか》いっぱい食べて、良い匂《にお》いのする入浴剤《にゅうよくざい》を入れた、あっつ〜い風呂《ふろ》にゆっくりつかったりして、好きなお笑い番組でも眺めながらコーラとか飲んで、更《さら》に更にアイスとか食べちゃったりしながらダラダラして、自分の部屋のベッドで目覚まし時計なんてセットせずに十時間くらい眠《ねむ》りたい。そんなふうに現実逃避《とうひ》をしたところで、ストレス指数は一向に下がる気配はない。

「ごめんなさいね、兄が不快な思いばかりさせて」

私のストレスを少しでも和《やわ》らげようとしているのか、耳元で天使の声が響く。

「あ、いや……はなちゃんが謝ることじゃないから」

はなちゃんは申し訳ない表情のまま言葉を続ける。

「爆弾は、兄が脱走《だっそう》しないように父が埋め込んだのだと思う」

はなちゃんは座席に転がるスイッチを手に取ると、私のポケットにそっと押し入れた。

「彼が信じられないと思った時は、躊躇《ためら》わずスイッチを押してほしい」

つまり気に入らなければ、いつでも私は田篠を殺していいってこと？

「いや、そんな独裁者スイッチみたいなのいらないし」

スイッチを取り出そうとするが、はなちゃんはポケットを押さえつけて、それを阻止《そし》してくる。

「これは兄が作製したスイッチの複製、いつ本物が押されるか分からない」

「スイッチの複製？」

「ええ、本物は今も父が持っている」

「え、え、え、ちょっと待って⁉」

はなちゃんの言葉を遮《さえぎ》り、私は頭を整理する。

あの稲沢雄三がスイッチを持ってるって……それって、いつスイッチが押されるか分からないってことじゃん！　田篠の頭に埋め込まれた爆弾がいつ爆発《ばくはつ》してもおかしくないってことだよね？

いつ死んでしまうか分からないのに（しかも頭がドカンと爆発なんてサイテーでサイアクな死に方！）、どうして平然としていられるのか理解不能だ。私なら頭がおかしくなっちゃうよ⁉

一見、今までと何も変わらないように見えるけど、やっぱり田篠の精神は、あの銃《じゅう》によって滅茶苦茶《めちゃくちゃ》にされてしまっているんだ。

頭がどんどん整理されてはいくけれど、この異様な状況《じょうきょう》を全く受け入れられそうにない。

そんな私の背中を優《やさ》しくさすりながら、はなちゃんは唇《くちびる》を動かす。

「父がどうして今まで爆弾のスイッチを押さなかったのか、それは分からない……でも兄は命尽《つ》きるまで私に協力してくれると約束してくれた」

はなちゃんのくちぶりはどこか嬉《うれ》しそうである。

今まで散々悪事を繰《く》り返してきた兄が少しでも人の為《ため》になれることが嬉しいのかもしれない。

「……命尽きるまでって」

言葉のひとつひとつが重すぎて、受け取りきれないんだけど。とんこつラーメン大盛り的なヘビーなワード連発で完全に胃もたれを起こしそうだった。

田篠は完全にフリーズしている私を面白《おもしろ》そうに眺《なが》めている。彼の眼鏡の奥で、色素の薄《うす》い瞳《ひとみ》が光り輝《かがや》く。

「障害が大きければ大きいほど、ゲームに燃えられますからね」

自分の命さえも『私を守るゲーム』の障害扱《あつか》いだなんて。

この人は、本当にゲームとして面白いかどうかでしか物事を考えられなくなってしまったのだ。銃の威力《いりょく》の高さを改めて知り、私の胸の中に、ほんの一かけら、田篠への同情心が生まれた。

「兄のことを信じなくてもいい、だけど時間がないの……お願いだから私たちにハナを守らせて」

さっきから、はなちゃんはちょくちょく時間がないっていうフレーズを使う。

その時間というのは、田篠の命のタイムリミットってことだろうか。

鬼気迫《ききせま》るはなちゃんの様子に、私は完全に飲まれてしまっていた。はなちゃんにこれ以上、何を話したところで彼女を説得できる気がしない。

「……分かったよ」

私はそう頷《うなず》くことしかできなかった。

「ありがとう、ハナ」

大輪の白百合《しらゆり》がふわっと花開くように、はなちゃんの顔に笑《え》みが戻《もど》る。

それだけで車内の雰囲気《ふんいき》が一気に華《はな》やいだ。

さすが聖アルテミス女学院の鑑《かがみ》・稲沢はなである。


「分かっていただけたようで、良かったです」


田篠は満足そうに頷くと、運転席に深く座り直し、運転を再開させた。

正直な話、田篠のことは全く信用していない。

いつか本当にポケットのスイッチを押さなければならない日がくるかもしれない。だけれど、大好きなはなちゃんにここまで言われたら従わざるを得ない。

だって彼女は何度も私の命を救ってくれた命の恩人なんだから。

ポケットに入ったスイッチに恐怖《きょうふ》を覚えながら、私は彼女に尋《たず》ねた。

「それで、私たち、これからどうするの？」

最高の笑みを浮《う》かべていた彼女の表情がキリリと引き締《し》まった。

「……私と兄は、今度こそ、全《すべ》ての決着をつける」

言葉に引っ掛《か》かりを覚えて、たずねる。


「私と兄は？」


はなちゃんの顔をみやると、彼女の表情はさきほどまでとは打って変わって晴れやかで、
たとえて言うならば卒業式で最後にクラスメイトと握手《あくしゅ》を交《か》わす。そんな感じだった。

「はなちゃん、どうしたの？」

はなちゃんは穏《おだ》やかな表情のまま、静かに言葉を放った。

「これ以上、ハナは巻き込めない……」

「え？」


ここまで巻き込んでおいて何を今更《いまさら》!?

もしかして、これはなちゃん流のジョーク？

そこまで深読みしてみたが、どうも様子がおかしい。彼女は私の頰《ほお》を優しく撫《な》でてから

悲しげに微笑《ほほえ》み、言った。

「もうすぐお別れよ、ハナ」

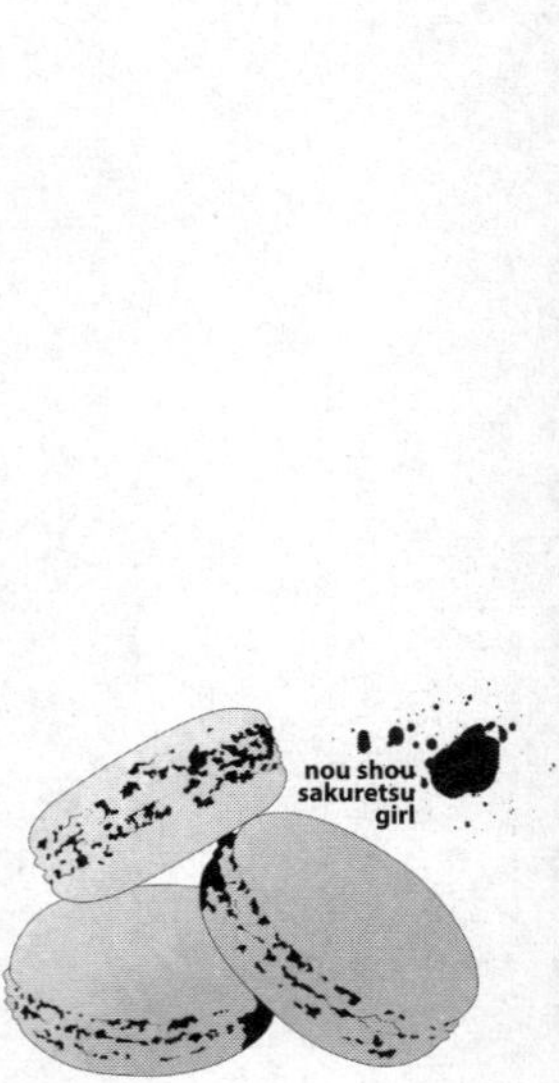
nou shou
sakuretsu
girl

二章：オレンジ色の誓い

「え、お別れって、どういうこと？」

はなちゃんが何を言い出したのかさっぱり分からない。

「ねぇ、はなちゃんってば」

私はヘラヘラしながら再度、彼女を見やった。

教室でお昼を食べながら同級生が観《み》たテレビの話を聞いている時みたいな愛想《あいそ》笑い。無意識に唇《くちびる》が変な風に緩《ゆる》んでしまう。こんな風に半笑いしながら聞くべきことではないって分かっている。それなのに私はふざけた態度をやめられない。

だって、はなちゃんは勝手に何か大きな決断をした後みたいに妙《みょう》に達観した顔で私に微笑みかけているんだから。

彼女が口を噤《つぐ》んでいるものだから、車の走行音がやけに大きく聞こえて耳障《みみざわ》りだ。

周囲に車通りは少なく、道路は閑散《かんさん》としている。道が蛇行《だこう》して、車はガタガタと揺《ゆ》れ動いた。揺れているのは田篠が徐々《じょじょ》にスピードをあげているせいもあるかもしれない。

待っても待っても返事はなく、私は窓の外に目をやった。

日が暮れ始めているのか、空の端《はじ》っこがうっすらとオレンジがかっている。秋風に吹《ふ》かれて空に浮かぶ雲は急ぎ足で一体どこに向かっているのかは未《いま》だに分からない。暖房《だんぼう》の熱気がこもって、車内はムシムシと暑いくらいだ。目線を戻《もど》すと、レイちゃんは新たな命令を待っているのか、じっと私の顔を見つめ続けている。

なにもかもが意味不明のこの状況《じょうきょう》。

全く訳が分からないのに、今から聞かされることが私にとって面白くない話であることだけは、なんとなく分かる。まぁ最近の私の人生、面白い話なんてほとんどなかったけど。それにしたって、これほどまで嫌《いや》な予感しかしないことも珍《めずら》しい。

「ねぇ、はなちゃん、なんか言ってよ」

急に周囲が薄暗《うすぐら》くなる。トンネルに入ったのだ。

長い長いトンネルを車は進んでいく。出口は見えず薄暗い。この最悪な状況を更《さら》に守《も》り立てているみたいで、なんだか腹が立った。

こんな演出、だれも求めてないし。頭上に並ぶ照明は、夕焼けの色によく似ていて、その光に、はなちゃんはぼんやりと照らされていた。はなちゃんの頬に、長い睫毛《まつげ》の影《かげ》が落ちる。語り出す準備ができたのか、彼女はゆっくりと形の良い唇を開いた。

「言葉通り、そのままの意味よ」

「それじゃあ何も分からないよ」

はなちゃんの説明不足症《しょう》は、今も治っていないようだ。

「私が納得《なっとく》するように説明して！」

私が声を荒《あら》らげても、はなちゃんは表情ひとつ崩《くず》さない。

「ハナが記憶《きおく》を無くしている間、私と兄はずっと監視《かんし》し続けていたの。あなたと父を」

はなちゃんは平坦《へいたん》な口調で、どこか機械的である。

自我がなくなった時の彼女を思い出して、私はちょっと怖《こわ》くなった。はなちゃんは前髪《まえがみ》のピンを直しながら、こちらを見やった。

「父が議員を辞職したニュースは知っている？」

私はコクリと頷《うなず》いた。

男たちに捕《つか》まる前、パーキングエリアでニュースを聞いた気がする。あの時は記憶が戻っていなかったから「ふぅん」と流してしまったけれど。

「辞職した途端《とたん》、彼はハナを狙《ねら》いだした……何かを企《たくら》んでいるのは確実よ」

「それは分かるけど、なんでそれがお別れに繋《つな》がるの⁉」

「彼が何を企んでいるかは分からない。でもあなたが重要な鍵《かぎ》であるのは間違《まちが》いない。味田さんは私が責任を持って家に帰すから安心して」

はなちゃんは、私が頭を整理しているうちに勝手にどんどん話を進めてしまう。

「待ってよ、もっとちゃんと話し合おう」

「駄目《だめ》よ、時間がない」

「はなちゃん！」

「……お願いよ、今度こそ、私はハナを守りたいの」

彼女のまっすぐな言葉に、心が揺さぶられた。思わず「ありがとう」って口走りそうになって歯を食いしばる。はなちゃんが私を大切に思ってくれている気持ちが痛いほど伝わってきて、嬉《うれ》しさと戸惑《とまど》いが混ざり合っていく。うまく喋《しゃべ》ることができず、私は彼女の瞳《ひとみ》を見つめることしかできない。はなちゃんも同じなのか、私たちはしばらくの間、互《たが》いの瞳に自分の顔を映しあっていた。

はなちゃんの陶磁器《とうじき》のように白い肌《はだ》には細かい傷がある。

その多くが私と再会する前にできたものだ。パーキングエリアで私に声をかけてくる前に、彼女に何があったのか分からない。おそらく私を守る為《ため》に雄三の手下と闘《たたか》ってくれていたんだろう。

私が気づいていなかっただけで、彼女はずっと私を守ってくれていたのだ。そのことを思うと、また胸が苦しくなる。

「あっ」

隣《となり》に座るレイちゃんが小さく呟《つぶや》き、顔をあげた。

彼女につられて前をみると、トンネルの先から光が漏《も》れている。

出口が近いようだ。

目的地に徐々に近づいているらしい。

「気持ちは嬉しいけど、でもそんなの受け入れられないよ」

はなちゃんは出口には目もくれず、私に視線を注いでいる。

「受け入れられなくても、受け入れて」

はなちゃんが語彙《ごい》を強めたことで、ピリリと緊張《きんちょう》が走る。

とはいえ私だって「はい、そうですか」って、ひくこともできない。必死に頭をフル回転させてどう反論していこうか考えている。

「空気を換《か》えましょうか、二つの意味で」

田篠は自分の言葉に一人でウケながら、運転席の窓を開けた。

その瞬間《しゅんかん》、ひんやりとした風に交じって潮の香《かお》りが私の鼻をくすぐる。ちょうどそのタイミングで車はトンネルを抜《ぬ》けた。

「わっ」と、私は思わず息をのむ。

トンネルの向こうは鮮《あざ》やかな赤色だった。眼下に広がる海に夕日が反射して映っているのである。

さっきまでオレンジ色だった空はあっという間に色濃《いろこ》く染まり、燃えるようだ。水平線に沈《しず》んでいく太陽に出迎《でむか》えられて私はまた思う。こんなお別れを盛り上げる演出いらないって。

「あいつからできるだけ遠くへハナを逃《に》がす」

きらめく海面に寄り添《そ》うように車は海岸を走っていく。向かう先には沢山《たくさん》の船が停まっている。

「逃がすって、もしかしてあの港に向かってる？」

彼女はコクリと頷いた。

「穀倉《こくそう》伊月と八井田《やついだ》風をご存じね」

はなちゃんが急に二人の名前を出したのでドキッとした。ご存じもなにも、二人は**『黄金卵の生存闘争《ロワイヤルゲーム》』**を共に戦った仲間である。私が驚《おどろ》いたのは、はなちゃんが二人の名前を突然《とつぜん》発したからである。

「……勿論《もちろん》知ってるけど」

「二人が私たちに協力してくれるの」

「えっ!?」

あの二人が……協力？

「え、ちょっと意味が分からないんだけど」

ハテナマークが頭の上に何十個も浮《う》かんでいる気がする。

見えないハテナのせいで、なんだか肩《かた》こりが起こりそうである。はなちゃんは困惑《こんわく》する私には反応せず、話を進めていく。

「穀倉伊月は今、シンガポールに住んでいる。八井田凪と一緒《いっしょ》にあなたは彼女のところに行ってもらう」

シンガポール？　凪と一緒に？　これは今までにないレベルの謎《なぞ》展開である。

まず何から問いただせば良いか分からず「あ」とか「え」とか「う」とか、うめき声をあげていた私に、田篠は得意げに何かを差し出した。それは紺色《こんいろ》をした小さな手帳で、そこには金捺《お》しの菊《きく》のマークが記されている。

「心配しなくても、あなたのパスポートは用意してありますよ……勿論偽造《ぎぞう》ですが」

「いや、そんなこと全然心配してないしっ！」

偽造パスポートを振《ふ》り払《はら》い、私はやっと言葉を発した。

「え、逃げるって国外!?」

「逃げるならば、遠ければ遠いほど良いでしょ？」

「いやいや、なんで凪たちまで巻き込んでるの!?　え、てかさ、なんでこんな大事な事、勝手に決めてるの？　意味わかんないよ！」

頭の中にあった疑問が口からどんどん溢《あふ》れ出してくる。

私が必死に訴《うった》えているのに、はなちゃんは全く反応しない。不思議に思い、彼女を見やると、はなちゃんは隣でスマホを操作し始めていた。え、なにその自由な感じ……全然ついていけないんですけどっ⁉

「ちょっと、今スマホいじるのやめてっ⁉」

私が更《さら》に声をあげると、彼女は静かにスマホを私に向けた。

「ハナと話したいって」

「え？」

画面をみるとＬＩＮＥ電話が繋《つな》がっている。

「八井田風さんが……どうする？」

どうすると言われても拒《こば》む理由もない。

促《うなが》されるまま、私はスマホを受け取った。

「……もしもし」

おそるおそる声を出す。

『花《はな》？　ウチだけど』

ハキハキとした明るい声が響《ひび》く。聞こえてきたのは間違《まちが》いなく八井田風の声だった。懐《なつ》かしさがこみあげてきて「久しぶりっ」という声が震《ふる》えてしまう。

『良かったね、花』

震える私に、風は優《やさ》しく言った。この状況《じょうきょう》に全く良かった要素がないので、私が「え、いやぁ」と口ごもる。

『だって助けられたんでしょう、大切な友達……はなさんを』

風の言葉に、私はスマホをきつく握《にぎ》りしめた。彼女と共に戦ったあの日、私の頭の中には『はなちゃんを助ける』ということしかなかった。はなちゃんが元に戻《もど》ってくれれば、他《ほか》に何もいらない。そう思っていたはずなのに。記憶《きおく》を失ってたとはいえ、慣れというものは怖《こわ》い。あの頃《ころ》の気持ちを忘れかけていた自分にうんざりしてしまう。

しばらく間をおいて「ありがとう」と呟くと、スピーカー越《ご》しに風の笑い声が響く。

『この前、はなさんに突然電話もらったんだ。事情を聴《き》いて驚いたけど、やっぱりとも思ったよ……まだ二人は闘《たたか》い続けてたんだなって』

風の声に交じって船の汽笛の音が聞こえてくる。私は相槌《あいづち》を打つのも忘れて、風の言葉に耳を傾《かたむ》けていた。

『いっちゃんとも話して決めたんだ、ウチらができることは全部しようって、花を守ろうって……船のチケットは、はなさんたちが用意してくれるっていうし』

それを聞き、私は思わず、はなちゃんの顔を見やる。

「はなちゃんが、風の分のチケットも手配したの⁉」

「ええ、そうよ。船旅はお金がかかるから」

「で、でもなんでそこまで？」

困惑する私に、答えをくれたのは田篠だった。

「稲沢グループが唯一《ゆいいつ》所有していない交通機関ですから」

「へ？」

「陸路、空路は私の祖父の息がかかっています。一番足がつきにくいのが航路という訳です。さすがに海にでてしまえば、すぐには追ってこれないでしょうし……」

そんな大金どこから手にいれたのとか、ていうか稲沢グループってそんなところまで手を出しているのとか、色々ツッコミどころ満載《まんさい》である。唖然《あぜん》とする私の耳元で『もしも～し』という風の声が響いた。

「あ、ごめん」

一瞬《いっしゅん》、風の存在を忘れていた私は再びスマホに耳を傾ける。

『というわけで、うちといっちゃんでアンタを守るから』

「守るって」

『アンタの言いたい事は分かるよ。うちらに何ができるんだってことでしょ？　まぁぶっちゃけ全然役立たずで終わるかもしれないし、すぐ駄目《だめ》になっちゃうかもしれない。でもやらせてほしいんだ』

彼女の言葉が嬉《うれ》しくなかったわけじゃない。

でも、私にはどうして風がそこまで私の為《ため》に動いてくれるのかが分からなかった。私と彼女はほんの一日、一緒にいただけの仲なのに。

「どうしてそこまでしてくれるの？」

私が尋《たず》ねると、

『どうしてって、そんなの当たり前じゃん！』

私の言っていることが意味不明だというように、風はちょっと小馬鹿《こばか》にした感じで鼻を鳴らす。

『だって、うちらは花に助けてもらって今があるんだよ？　たいしたことはできないけど、でもできるとこまでアンタの為になりたいんだよ』

「でも……私は」

『アンタがうちについてくるかは、アンタの自由だよ。自分だけ逃《に》げるのが嫌《いや》って気持ちも分かるし』

私が言葉を言い終わらないうちに、風は喋《しゃべ》り出す。

『うちはアンタが来なくたって、いっちゃんに会いに行く……その為にコツコツバイトしてお金貯《た》めたんだもん』

風らしい発言に思わず笑《え》みがこぼれる。車はどんどん港に近づいていく。あの場所に彼女がいるのだ。パッツン前髪《まえがみ》を触《さわ》りながら、海を眺《なが》めている風を頭に思い浮《う》かべる。

『決まったら、また連絡《れんらく》して』

そう言って彼女はこちらの返事を待たずに電話を切った。スマホの画面に映る風のLINEアイコンを眺めながら、私ははなちゃんに尋ねる。

「いつの間に、あいつと連絡取りあってたの」

「……それが今、私にできる最大のことだから」

はなちゃんの強い眼差《まなざ》しが、私に突《つ》き刺《さ》さる。

「お願い、もう時間がないの……お別れを受けいれて」

落ち着け、市位ハナ。一旦状況《いったんじょうきょう》を整理しよう。はなちゃんが予期するように、雄三が何かよろしくない事を企《たくら》んでいるのは間違いない。それに、私が必要ならば彼はどこまでも私を追ってくるのは確定事項《じこう》であろう。だったらできるだけ遠くに逃げた方がいい。

これは小学一年生にだって分かる、超《ちょう》簡単な問題だ。

一旦、日本の外にでてしまえば、彼だって私がどの国に逃げたかはすぐには分からないはずだ。風や伊月を巻き込むのは心苦しいが、でも味方が多いことは良いことだよね。ぐるぐると頭をフル回転させて、私は一個の結論を導き出した。

「なら、はなちゃんも一緒《いっしょ》に逃げよう」

はなちゃんは微《かす》かに眉《まゆ》を動かした。

「……ハナ」

はなちゃんが深いため息をつく。彼女のリアクションから、私の答えを気に入っていないことが分かった。

「だって私たちは一蓮托生《いちれんたくしょう》なんでしょ？　だったら逃げる時も一緒でしょ？」

私がこの提案をすることは想定の範囲《はんい》内だったのだろう。やけに落ち着き払《はら》っているはなちゃんは微笑《ほほえ》んだまま、ゆっくりと首を横に振《ふ》る。

「なんで⁉　私と一緒に逃げればいいじゃん！」

はなちゃんはかたくなに首を振り続ける。

「駄目なの……逃げるだけじゃ意味がないから」

「え？」

意味がないって、一体どういう事？

そう質問しようとするも言葉がうまくでてこない。

理解不能なことに直面して一瞬頭がフリーズしちゃう。今日はもう何度、頭がフリーズしてはパニックに陥《おちい》っただろうか。心も体もクタクタだった。

「あなたを逃がすこと、それは第一ミッションにしかすぎません」

もごもごと口ごもっている私の思考を読み取ったのか、眼鏡の位置を直しながら田篠がこちらに話しかけてくる。

「私と妹には第二ミッションが残っていますので」

「第二ミッション？」

私が言葉を繰《く》り返すと、はなちゃんは顔を歪《ゆが》めた。

「おしゃべりが過ぎますよ、兄さん」

鋭《するど》い瞳《ひとみ》で睨《にら》まれても、田篠は動じない。

「いいじゃないですか、隠《かく》してもしょうがありませんよ」

はなちゃんに怒《おこ》られることが面白《おもしろ》くて仕方がないように、彼はクスクスと笑い声をあげる。

会話の内容さえミュートにすれば、どんなに怒られても妹が可愛《かわい》くてたまらない兄というほほえましい光景にみえるだろう。

どこか呑気《のんき》な田篠の態度に、私は再び苛立《いらだ》ちを募《つの》らせていた。

そんな私の態度さえも面白いのか、田篠は笑うだけ笑ってから、後部座席を振り返り、サラリと言ってのけた。

「第二ミッションは、おかしな企みを阻止《そし》する為に父を襲撃《しゅうげき》するんですよ」

襲撃って……はなちゃんは、あの五反田《ごたんだ》駅でしようとしたことを再びしようとしてるってこと⁉

「ただ逃げるだけでは父は必ず市位さんを見つけ出すでしょう。ですが私たちが彼を襲撃すれば運が良ければ父を止められますし、運が悪くてもあなたが遠くへ逃げる時間稼《かせ》ぎにはなりますからね」

「運が悪くてもって」

思わずツッコむが、田篠もはなちゃんも全く動じない。

「私も妹も父を倒《たお》すことが容易ではないことは分かっていますからね……市位ハナさんを守るプランとしては、これが最適なんです」

雄三を本当に止められるか、田篠自身も自信がないということか。この二人は自分の身を挺《てい》して、私を守ろうとしているのだ。

「……そんなことされても全然嬉しくないよ！」

はなちゃんをひと睨みしてから、私は風のアイコンをタップする。そのまま彼女に電話をかけた。

『え、結論もう決まったの？』

ワンコールで風は電話に出た。彼女のリアクションが車内にいるみんなに伝わるようにスピーカーモードにする。今から言うことは風にだけでなく、みんなに向けた宣言だからだ。私は周囲を見回しながら、声を張りあげた。

「はなちゃんから私は絶対離《はな》れない、どこまでもはなちゃんと一緒に行く！」

一緒に逃《に》げることが許されないならば、残念だけどこうするしかない。後悔《こうかい》するかもしれないけれど、これが私の最終結論である。

「それは駄目《だめ》よ、ハナ！」

はなちゃんは私からスマホを奪《うば》おうとしたが、私は体を丸めてそれを阻止した。

「絶対いや！」

「お願いだから言うことを聞いて！」

「はなちゃんと別れるくらいなら、いっそ雄三に捕《つか》まる！」

「ハナ！」

はなちゃんは明らかに怒っているが気にするもんか。

ただ何もせず守られるだけなんて、もう絶対にいやなのだ。そんな風にして助かったって喜べない。私は一生自分を責め続けるもん。

「もし無理やり船に連れ込まれても絶対飛び降りるからねっ！」

唖然《あぜん》とするはなちゃんに代わり、風がププブッと反応する。

『飛び降りるって……相変わらず激しいねぇ、アンタ』

スマホの画面に向かい、私は頭を下げる。

「風、ごめん。せっかく私の為《ため》に色々してくれようとしたのに」

『いや別にいいよ、さっきアンタと話した時、なんとなくそうなるんだろうなって思ったから』

「ごめん、でも風と伊月の気持ち、とても嬉《うれ》しかった」

『やめてよ、なんか恥《は》ずかしいわ』

「ううん、あと百万回言っても足りないくらい本当に嬉しかったよ」

『……』

「風？」

名前を呼んでも返事がない。風が黙《だま》っているせいで、スピーカーからはザザンザザンと波音が響《ひび》く。しばらく沈黙《ちんもく》が続き、彼女の身に何か起こったのかと心配し始めた時である。

『……あのさ』

風は少し躊躇《ちゅうちょ》しながらも言葉を紡《つむ》ぎだす。

『もしアンタが向から先で、古寺さんと、久保賀さんがもし無事でいるならば……ありがとうって伝えてくれる？』

「え？」

姿はみえないものの、風がモジモジと恥《は》じらっているのは分かった。まさか彼女の口から二人の名前を聞くとは思っていなかった。

『久保賀さんには、まだうちお礼が言えてないから』

久保賀は、身を挺して風を助けた。彼女はずっと彼に感謝し続けていたのだろう。その気持ちは痛いほど分かる。私だって同じ気持ちだもん。

「……大治《だいじ》のこと、何か知ってるの？」

久保賀の名前がでた途端《とたん》、再びレイちゃんの目に生気が宿る。

『えっと……あなたは？』

戸惑《とまど》う風にすかさず「あ、私の友達」と補足を入れる。

「……なんであなたが久保賀大治を知ってるの？」

『え、前に助けてもらったことがあって』

「いつ、どこで会ったの⁉　ねぇ⁉」

「レイちゃん、やめて！」

私がうったえると、レイちゃんは静かになった。しかしその顔は不服そうに歪んでいる。

彼女の自我を取り戻《もど》す鍵《かぎ》は、やはり久保賀にあるようだ。それにしても二人の女子の心を鷲摑《わしづか》みにするなんて、久保賀は罪な男である。

「そういう事だから……風」

改めて風にお別れの挨拶《あいさつ》をしようとしたその時、
プップーッ！

けたたましい騒音《そうおん》が響く。田篠が突然《とつぜん》クラクションを鳴らしたのである。

「え、ちょっと何⁉」

苛立ち、田篠を睨むも、尚《なお》もクラクションは続く。

「うるさいって！」

彼は微笑《ほほえ》みながら窓の外を指さした。

「え、だから何!?」

うんざりしながらも、うながされるまま外をみやる。

夕焼けに染まる埠頭《ふとう》の先、そこに彼女は立っていた。夕日を背にしているせいで、はっきりとした表情は分からない。でも私は誰《だれ》かすぐ分かった。

「……凪」

車のスピードが落ち徐行《じょこう》していく。田篠はクラクションを鳴らすのをやめて、後部座席の窓を開放する。私は身を乗り出し、彼女に手を振《ふ》った。こちらに気づいた彼女も手を振りかえす。

「私、一緒《いっしょ》にいけない……ごめんね」

『だからそのことはいいって』

「前髪《まえがみ》、伸《の》びたんだね」

『いやあのパッツンはアクシデントだから』

遠くからでも、彼女が笑っているのが、なんとなく分かった。

離れていても声だけはこんなに近くに感じられる。スマホ様に感謝だ。話しながら私は痛感していた。ずっと会うことはなく交流もなかったが、凪とは固い絆《きずな》で結ばれていたたんだって。

『こっちこそごめんね、花……こんなことしかアンタに協力できなくて』

「ううん、これ以上二人を巻き込めないって……伊月にもよろしく伝えて」

『うん』

再び私たちの会話は途絶《とだ》えた。やるべきことは二人とも分かっていたけれど、どうしてもその一言が言い出せなかったのである。先陣《せんじん》を切ったのは風だった。

『じゃあ、またね』

「うん、また」

お別れの言葉を、私も口にする。

また会える保証はないけれど、いつか再会しよう。その時はゆっくりいろいろ話そう。そんな思いを込めて私は手を振り続ける。それを合図に再び田篠はアクセルを踏《ふ》み込み、車は港からみるみるうちに離れていく。日はほとんど海の向こうに沈《しず》んでおり、空はオレンジ色から濃《こ》い紫《むらさき》へと変わりつつあった。夕暮れと夜の合間で、私と風は互《たが》いが見えなくなるまで、手を動かすのをやめなかった。

「兄さん、何を考えているの!?」

田篠と私の行動に、はなちゃんは信じられないといった顔をしている。

「早く車を戻して、船が出港してしまう!」

しかし、田篠はスピードを緩《ゆる》める気配はない。

「残念だけど、第一ミッションは失敗だよ」

ハンドルを切りながら、田篠は言った。

「ここまで嫌《いや》がっている市位ハナさんを船に乗せても、それは彼女を救ったことにはならない。第一ミッションは私たちの負けですよ」

「でもハナを巻き込むわけには」

反論しようとするはなちゃんを私は制す。

「巻き込む、巻き込まないじゃない!」

乗り出していた体を車内にしまい、叫《さけ》んだ。

「私はもうとっくに中にいるよ……はなちゃんの戦いの中に」

「……ハナ」

はなちゃんは必死に私を言いくるめる言葉を探し続けているようだった。でも彼女には何も浮《う》かばないだろう。だって私が言った事は事実だから。頭の良い彼女が新たな反論手段を考え付く前に、私は必死に口を動かした。

「私だって、みんなの……はなちゃんの仇《かたき》をとりたいんだよ。私はもうはなちゃんから離《はな》れない。一蓮托生《いちれんたくしょう》でいるって誓《ちか》うよ」

空からオレンジ色がすっかり抜《ぬ》け落ちて、夜の暗闇《くらやみ》が周囲を包んでいた。はなちゃんは尚も不服そうに口をとがらせている。納得《なっとく》してくれる気配は一切《いっさい》ない。私が彼女に更《さら》に訴《うった》えかけようとした、その時だった。

♪

はなちゃんに借りたままになっていたスマホが鳴った。

「ひっ」

思わず小さな悲鳴をあげてしまう。スマホの画面はさきほどまでとは全く様変わりしてしまっていた。真っ黒な画面に浮かぶ白い文字は、たった六文字。

『黄金卵さんへ』

その言葉だけで、このメッセージが誰からなのか分かってしまう。

「……動き出したようね」

はなちゃんはそう言うと画面の文字に触《ふ》れた。その途端、画面の文字が消え、聞き覚えのある音声が流れだした。

『ヤァ、黄金卵サン……ソシテ黄金卵ニナリ損《そこ》ネタ者タチヨ』

私が記《き》憶《おく》を取り戻す直前、ホテルで聞いた電子音声と同じだった。

今更《いまさら》正体を隠《かく》すこともないだろうに、ご丁寧《ていねい》に声まで変えてくるとは……念には念をいれるってことだろうか。それとも私たちがまだ彼が黒幕であると気づいていないとでも、思っているのだろうか。

『鬼《おに》ゴッコハ互イニ疲レタダロウ。ソコデ君タチニ、アル提案ヲショウト思ッテネ……』

画面が白く点灯し、そこに二人の人物が映し出された。

「古寺先生⁉」

それは古寺先生と久保賀だった。

二人とも手足を拘束《こうそく》された状態で椅子《いす》に座らされている。二人はぐったりとしたまま、浅く息をしていた。

「……大治」

スマホ画面に顔を寄せたレイちゃんの頬《ほお》に涙《なみだ》が伝っていく。久しぶりに見た久保賀の姿に感極《きわ》まったようである。

『彼ラヲ助ケタケレバ、一時間以内ニ、指定サレタ場所ニクルヨウニ……』

電子音声に合わせて、画面が切り替《か》わり『指定場所はこちらを参照』という文字リンクが浮《う》かびあがった。

『一時間以内ニコナケレバ、彼ラノ命ハ保証デキナイ……私ノ提案ニノルモノラナイモ自由ダヨ』

その言葉を最後に、音声は途切《とぎ》れた。すぐさまリンクを開こうとしたが、その手を振り払《はら》い、はなちゃんがスマホを奪《うば》い取った。

「はなちゃん？」

「雄三の誘《さそ》いにのるなんて、カモがネギを背負って、更にお鍋《なべ》やレンゲを両脇《りょうわき》にかかえて現れるようなものよ」

「でも二人を見捨てられない！」

私の隣《となり》でレイちゃんが激しく頷《うなず》いている。

「あと一時間しかないんだよ、早く助けにいかないと！」

はなちゃんにしがみつき、必死に訴え続ける。

「私、誰かを犠牲《ぎせい》にしてまで助かりたくなんかないよ、はなちゃん！」

「お願いします」と、レイちゃんも頭をさげた。

はなちゃんは唇《くちびる》を嚙《か》みしめてスマホを握《にぎ》りしめている。

必死に守ろうとしている相手から助かりたくないなんて言われたから怒《おこ》っているのだろうか。それとも折れて私を逃《に》がすことを諦《あきら》めるか迷っているのか。彼女が口を噤《つぐ》んでいるので、何を考えているのかは分からなかった。

「とりあえず行き先だけでも見てみたらどうですか？」

運転を続ける田篠に促《うなが》されて、はなちゃんは渋々《しぶしぶ》と文字リンクをタッチした。

「……は？」

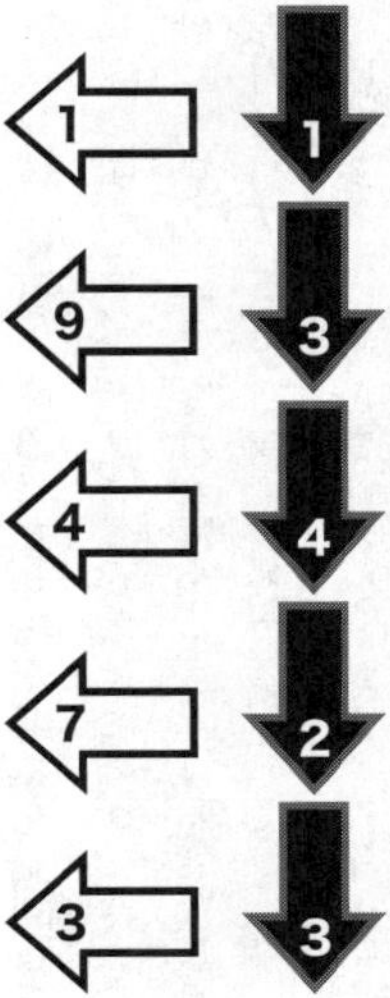

画面に表示されたのはたくさんの矢印だった。

図の下には『白と黒の矢印は二人で一つの一心同体・一蓮托生』の文字が記されていた。

「またクイズ!?」

うんざりして私は頭をかきむしった。

私たちを茶化《ちゃか》して遊んでいるのだろう。わざわざ場所を暗号で記す意味が分からない。

こうすれば田篠が興味を示すとでも思っているんだろうか。なめ腐《くさ》った雄三のやり方に心底頭にきていた。

「ねぇ、あなたならすぐに解くことができるんでしょ⁉」

田篠に画面を向けると一秒もたたぬうちに「ええ、というかもう答えは分かりました」と、彼は即答《そくとう》した。

「それで、指定場所は⁉」

しかし田篠はニコニコと微笑《ほほえ》みながら口を噤んでいる。もったいぶった態度をする彼を「早く！」と急《せ》かすと、彼は車を路肩《ろかた》に停《と》めて、更にもったいぶったように腕時計《うでどけい》を見やってから言った。

「……では、こうしませんか？」

彼は後部座席に座るはなちゃんと私を見回してから、前髪《まえがみ》をかきあげた。

「この暗号を市位ハナさんが解くことができたなら、私たちは古寺先生と久保賀先生を助けに向かう。解けなければ市位さんはおとなしく八井田風さんと一緒《いっしょ》に船に乗る……制限時間は三分でどうでしょう？」

はなちゃんはうんざりといったように深いため息をついた。

「兄さん、今はゲームに付き合っている時間はないの」

最愛の兄とはいえ、全《すべ》てをゲームでしか考えられない田篠の空気の読めなさにうんざりしているようだった。

「大丈夫《だいじょうぶ》ですよ、三分ロスしても時間内には目的地に到着《とうちゃく》できます」

田篠は新しい遊びを見つけた子供のように瞳《ひとみ》を輝《かがや》かせている。

「市位さんは彼らを助け出し、我々と行動を共にしたい。はなは市位さんを遠くに逃がしたい。二人が互《たが》いの主張を言っているだけではいつまでたっても議論は平行線です……どうです？」

「……いいよ」

私が言葉を発すると、はなちゃんは目を見開き、私を睨《にら》んだ。

「ハナ、正気なの？」

「ふざけた提案だって分かっている。でも……私は一刻も早く彼らを助けにいきたいの。これが最速の方法ならば」

はなちゃんはしばらく黙《だま》っていたが「分かった」と、頷いた。渋々この提案を受け入れて、折れてくれたようだ。

「でも待てるのは三分だけよ」

田篠は腕時計の秒針を目で追い、12を指すのを待ってから「それでは、用意……スタート」と、声を張り上げた。

田篠の「スタート」という声に**『黄金卵の就職活動《ジョブハンティングゲーム》』**を思い出し、身震《みぶる》いしたが私はスマホにかじりついた。たった三分しか時間がないのに、私は今の所この暗号の意味するものがなんなのかさっぱり分からなかった。

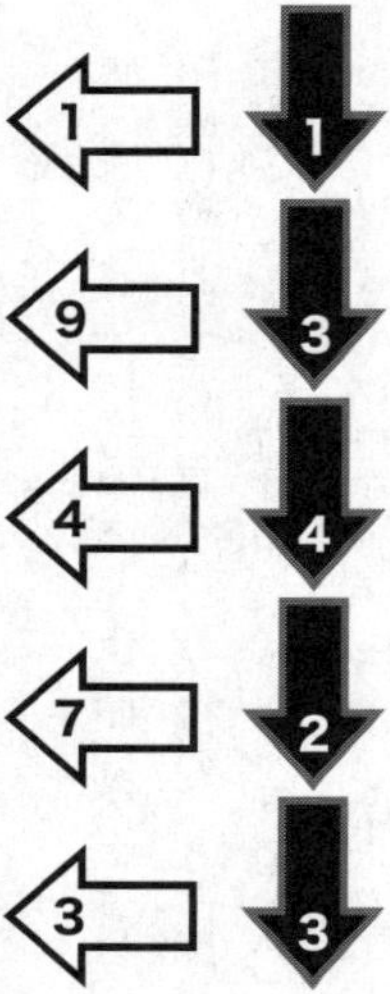

白色と黒色の矢印は五つずつ。それぞれに数字が記されている。
横向きの白色の矢印は1・9・4・7・3。
下向きの黒色の矢印は1・3・4・2・3。
どうやら数字たちに規則性はないようである。古寺先生たちがいる場所を記していると
いうことは、おそらくこの矢印は、ある単語を記しているんだろう。現段階で私が分かっ
ているのはそれだけだ。
「45秒経過」
田篠が機械的に時間経過を告げる。もうそんなに経《た》っちゃったの⁉ 焦《あせ》っているうちに
瞬《また》く間に3分の1が過ぎようとしていた。パニックになっている私をみるのが面白《おもしろ》いのか、
クスクスと微笑み続けている。
「……お願いだから、頑張《がんば》って」
レイちゃんは手を握り、拝むように私を見つめ続けている。
はなちゃんは無表情のまま目を瞑《つぶ》り、時間が過ぎるのを待っているようだった。冷や汗《あせ》
を背中にびっしょりとかきながら私は自分に言い聞かせる。

焦っちゃ駄目《だめ》だ。どこかに必ず答えに繋《つな》がるヒントが隠《かく》されているはずである。

チクタクチクタク……私の所まで届くはずがないのに田篠の腕時計の秒針の音が聞こえてくる錯覚《さっかく》を覚える。存在を主張しているように鳴り響《ひび》く忌々《いまいま》しい音をふりはらい、私は矢印ではなく記された文章に目を向けることにした。

『白と黒の矢印は二人で一つの一心同体・一蓮托生《いちれんたくしょう》』

一心同体、一蓮托生という言葉をあえて使ってくるあたり、雄三はやはり底意地の悪い人間のようだ。二人で一つということは、横向きと下向きの矢印で1セット。これで何かの言葉を表しているらしい。

横矢印1と縦矢印1がセット。横矢印9と縦矢印3がセット。横矢印4と縦矢印4がセット。横矢印7と縦矢印2がセット。横矢印3と縦矢印3がセット。

この五つで構成されていることになる。恐《おそ》らく、この記号が指し示す目的地は5文字で書けるものなのだろう。

「横の矢印は最大数は9、最低数は1。縦の矢印は最大数が4、最低数は1」

横向きの矢印より、下向きの縦矢印のほうが書かれている数字は小さい。

……でも、だから何⁉

何も糸口がつかめない私に、田篠は「残り1分30秒」と時間経過を告げる。

残り時間半分を切ってしまった。早く答えを導き出さないと、私は約束通り、あの船に乗り込まなきゃいけなくなっちゃう。はなちゃんたちを雄三の元に向かわせなくてはいけなくなる。そんなの絶対嫌《いや》なのに……。

「こんなこと考えてる場合じゃないっ」

私は髪《かみ》の毛を掻《か》き毟《むし》りながら、必死に答えを絞《しぼ》り出そうとする。

「もう諦《あきら》めたら、ハナ」

はなちゃんは目を瞑ったまま、ため息をつく。

「やだ、絶対諦めない」

「だって矢印の意味も分かっていないんでしょ？」

「え」

「何を表しているか分かっていないなら、もう無理よ」

はなちゃんは暗号の答えが分かっているらしい。

矢印の意味ってどういうことだろう。表しているってどういうこと？

はなちゃんのスマホの手書きメモ機能を立ち上げ、矢印の方向に従って、横向きと下向きに数字を並べてみる。実際に書いてみると、うっすらと何か見覚えのある表が浮《う》かびあがってくる。

この矢印は文字を表している。そしてこの表の形。

私の頭に小学校の教室が浮かびあがった。

「……50音表？」

横向きの矢印が50音の行の数。下向きの矢印は段の数を表しているとしたら？

「残り30秒」

田篠が30、29、28、27とカウントダウンを始めだす。タイミング悪く数字を数えだした彼に惑《まど》わされないように耳を塞《ふさ》ぐが、低く通った彼の声は私の鼓膜《こまく》に届いてしまう。

←

6 5 4 3 2 1

1 ↓

2

3

4

5

「23、22、21……」

私は必死に頭の中に50音表を浮かべながら、答えを導き出す。

横矢印1と縦矢印1だから、あの行、あの段……「あ」

「17、16、15……」

横矢印9と縦矢印3だから、らの行、うの段……「る」

横矢印4と縦矢印4だから、たの行、えの段……「て」

「10、9、8……」

カウントダウンに惑わされそうだったが、これ以上矢印と50音表を照らし合わせる必要はなかった。この三文字だけで私は向かう先が分かったからだ。

「アルテミス……聖アルテミス女学院！」

雄三が私たちを呼び出したのは、全《すべ》てがはじまった場所……聖アルテミス女学院だったのである。カウントダ

ウンを途中《とちゅう》でやめ、田篠はゆっくりと拍手《はくしゅ》する。白手袋《てぶくろ》を通じてこもった拍手音が車内に響き渡《わた》った。

「……このゲーム、市位さんの勝ちみたいですね」

レイちゃんがうっすらと笑《え》みを浮かべるが、私は首を横に振《ふ》った。

「違《ちが》うよ」

私は横に座るはなちゃんの顔を見やる。彼女は目を瞑ったままだ。

「だって、さっきはなちゃんがヒントをくれなかったら、私絶対3分で答えなんか導き出せなかったもん」

はなちゃんは静かに目を開け、私の方を見やった。

「いいえ、答えを導き出したのはハナよ」

「……妹がそう言っているのですから、市位さんの勝ちで間違《まちが》いありません」

私はどうも釈然《しゃくぜん》としなかった。さっきまであんなに反対していたはなちゃんがどうして急にヒントをくれたんだろう。答えを導き出して徐々《じょじょ》に冷静になってきた私は不思議で不思議でたまらない。

「はなちゃん、どうしてなの？」

はなちゃんに再度尋《たず》ねると、彼女はうっすらと笑みを浮かべる。眉《まゆ》がさがり無理やり笑顔を作ってくれているのが分かった。

「だって……私のせいで、ハナが苦しんでいるのを見ていられなくて」

はなちゃんは「はぁ」とため息をつき、両手で小さな顔を覆《おお》った。自分の行動を彼女は心から後悔《こうかい》しているようだった。

「……駄目《だめ》ね、こんな選択《せんたく》、絶対ハナの為《ため》にならないのに」

そんな彼女の顔から手を引きはがし、私は彼女の柔《やわ》らかな両頬《ほお》をむにゅっとつまんだ。

「ハニャ？」

両頬をつままれて滑舌《かつぜつ》が悪くなったはなちゃんが心底驚《おどろ》いた顔で私を見た。

「何度言えば分かるの？　私たちは一蓮托生でしょ⁉」

風と話したせいだろうか、私はいつになく強気になっていた。きっと彼女だったらこうやって、はなちゃんを一喝《いっかつ》するんだろうなって思ったんだよね。

「はなちゃんは全然駄目なんかじゃない……だって私だって同じことするもん。はなちゃんを守ろうとして、はなちゃんを逃《に》がそうとして喧嘩《けんか》して結局、はなちゃんを悲しませたくなくて自分から折れたと思う」

マシュマロのような感触《かんしょく》が気持ちよくて、私は何度も、花ちゃんの頬をフニフニとつまみ続けた。

「ハナ、頬《ほ》っぺたやめて」

「あ、ごめん傷口が痛かった？」

「そうじゃないけど……なんか緊張感《きんちょうかん》がないわ」

呆《あき》れるはなちゃんと私はクスリと微笑《ほほえ》みあう。なんというか、再び一蓮托生となった気がする。雄三は絶対に手ごわい。簡単に倒《たお》せる相手ではない。それは分かっている。でも、はなちゃんと一緒《いっしょ》ならば、大きな障害を乗り越《こ》えられる、そんな気がした。

「早く、学院に行きましょう」

レイちゃんは少し苛立《いらだ》ったように田篠に訴《うった》えかけた。田篠は返事することなく再びエンジンをかける。

「……第二ミッションはうまくいくといいですね」

独り言なのか、私たちに言っているのか……。

田篠はぼそりとそう呟《つぶや》くと、白手袋に覆われた手でハンドルを切った。

nou shou
sakuretsu
girl

三章：○×なんかじゃ決められない

学院の中は驚くほど、シンと静まり返っていた。

「目的地到着《とうちゃく》まで47分28秒……予定より5分ほど早く着きましたね」

田篠は機嫌《きげん》が良いのか、足取り軽く、下駄箱《げたばこ》を通り抜《ぬ》けていく。

きっと何分で学院までたどり着けるかを勝手に自分の中でゲームに仕立てていたんだろう。

『ゲーム脳』なんて言葉が一時期流行《はや》ったけれど、これこそ本当の意味での『ゲーム脳』なんじゃないかって感じだ。

「残り12分と少々ですね、頑張《がんば》りましょう」

カツカツと歩く彼の足音が廊下《ろうか》に響《ひび》き、闇夜《やみよ》に溶《と》けていく。

この場所で上機嫌なのは彼だけで、私もはなちゃんもレイちゃんも表情は暗く、どんよりとした空気が流れている。不安と焦《あせ》りからか心臓が高鳴り、なんだか息苦しくて仕方がない。

すっかり夜が更《ふ》けているせいか、この静けさからなのか。

檻《おり》の中の景色、渡り廊下、体育館に食堂、プール……どうしてもあの悪夢を思い出してしまう。

それにしても一体雄三はどんな力を使い、聖アルテミス女学院を自分の要塞《ようさい》に作り上げたのか……彼の背後にはどれだけのどうしようもない腐《くさ》った大人たちがついているんだろうか。それを考えただけでゾッとする。

今日の朝、修学旅行に向かうために出発した学院に、まさか、こんな形で帰ってくることになるなんて。家を出た時は想像していなかった。

朝も憂鬱《ゆううつ》なことは憂鬱だったけど、それは「フランスに行きたくないなぁ」とか「集団行動したくないなぁ」とか、そういう気持ちだった。今考えればあんなことで憂鬱になっていた自分が恥《は》ずかしい。今なら元気よくフランスに行けるし、周囲にクスクス笑われながらパリジェンヌを気取れる自信がある。

最悪な出来事っていうのは、こちらが気を抜いている時に限ってやってくる。そして一番こっちがダメージを食《く》らうタイミングを狙《ねら》って不意打ち攻撃《こうげき》してきて、苦しむ私の顔をみてニンマリとほくそ笑《え》むのだ。


「あぁ」


はなちゃんが小さく声を漏《も》らした。

私たちが足を踏《ふ》み入れた場所——そこはピロティだった。

はなちゃんと私が**『黄金卵の就職活動《ジョブハンティングゲーム》』**で最後に戦った場所、そして彼女が田篠に頭を撃《う》ち抜かれた場所である。はなちゃんにとっては数年ぶりに足を踏み入れる聖アルテミス女学院だ。思い出したくないことも沢山《たくさん》あるだろう。

私はそっと彼女の左手を握《にぎ》る。

右手には車から持ってきた銃《じゅう》が握られているからだ。

身を守るためとはいえ、この銃を使う事にはやっぱり少し抵抗《ていこう》がある。ちなみにこの銃は、構造を知る田篠が作ったものらしい。

改めて彼の頭の良さ、手先の器用さに驚《おどろ》かされる。生まれ持った才能のせいで、彼は父親に利用されてしまったわけだけれども。


「それで大治たちはどこなの？」

レイちゃんは周囲を見回しながら忙《せわ》しなく動き回っている。

「早く見つけ出さないと」

彼女は久保賀に関することになると、自我を取り戻《もど》したように生き生きし始める。レイちゃんがもとに戻ってくれることは嬉《うれ》しい。

今の所、過去の記憶《きおく》を思い出していないようだが、その時が訪《おとず》れるのは近そうだ。彼女が悲しまないでくれることを心から願うばかりだ。どんどん先へと進んでいくレイちゃんは今にも校舎の奥へと消えていきそうだ。

「レイちゃん、あまり遠くにいかないで」

思わず声をかけると、ピタリと彼女は前に進むのをやめた。

私のお願いに従うということは、やはり自我を取り戻し切っていないということだ。止まってくれて嬉しいが、やはり毎回複雑な気持ちになる。私の気持ちを察したのか、今度ははなちゃんが私の手をぎゅっと握った。

「早く古寺先生たちを助け出しましょう」

「うん、そうだね」

私とはなちゃんが見つめあったその時だった。

『思ッタヨリ早ク到着シタヨウダネ』

校内に設置された全《すべ》てのスピーカーから、またあの電子音声が響く。それは大音量で校舎に響き渡《わた》り、瞬《またた》く間に静けさを奪《うば》い去っていった。

『シカシ武器ヲ持ッテイルノハ感心シマセンネ』

私は思わず周囲をみまわす。監視《かんし》カメラは見つけられないが、どこからか監視されていることは間違《まちが》いなさそうだ。はなちゃんも銃を構えて敵がいないか確認《かくにん》している。見た限り、人影《ひとかげ》はないが、油断は禁物である。

『武器ヲソノ場ニ置キ、エレベーターニ乗ッテクダサイ』

声に合わせて、エレベーター前の照明が灯《とも》る。それは普段《ふだん》学生が使用するのは禁止されている職員用のエレベーターだった。

「エレベーターは使わない」

はなちゃんはすぐさま電子音声に噛《か》みついた。

ピリピリと殺気立った彼女の瞳《ひとみ》は鋭《するど》くて、ひと睨《にら》みされたら切り裂《さ》かれそうだった。

「入った途端《とたん》、拘束《こうそく》して捕《つか》まえるつもりなんでしょう」

『マサカ』

機械じかけの不自然な『ハハハハ』という笑い声が響いた。嘘《うそ》くさい笑いは不快感しか生みださない。

『ソンナコトハシマセン……我々ノ目的ハ、ソコデハアリマセンカラ』

目的はそこではない……一体どういう意味なんだろう。

意味深な言葉が、不気味すぎて怖《こわ》い。力をこめていないと膝《ひざ》が笑ってしまう。前に進むべきかどうするべきか。私とはなちゃんが悩《なや》んでいる最中、歩き出したのははやっぱりレイちゃんだった。

「私一人でも行く……大治を助けに」

レイちゃんの行動には迷いはない。彼女の頭の中は久保賀でいっぱいなのだ。

「たしかに、ここで止まっていても仕方ないですね」

そう言って、田篠はエレベーターへと進み、開くボタンを押す。

『残リ時間ハ、アト僅《わず》カデスヨ』

謎《なぞ》の声にも急《せ》かされて、はなちゃんはため息をつき、銃を床《ゆか》に投げ捨てた。

「……どんどん私たちに不利になっていく」

はなちゃんはぼやいてから、覚悟《かくご》を決めてエレベーターに乗り込んだ。置いて行かれないように私も彼女の後に続く。エレベーターは四方がガラス張りで外の様子を見まわすことができる。何年もこの学院に通っているが、これに乗るのは初めてだった。エレベーターの中は、四人で乗りこむと少し狭《せま》い。

隣《となり》に立つ田篠からは石鹸《せっけん》の香《かお》りがうっすらと漂《ただよ》ってくる。綺麗《きれい》にアイロンがかかった白いシャツと細身のパンツを着こなしていた。

一方の私と言えば全身ヨレヨレで、制服も髪《かみ》の毛も生乾《なまがわ》き。きっとプールの藻《も》の臭《にお》いを漂わせていることだろう。

そういえばLINEでは帰ったらすぐお風呂《ふろ》だねって話をしていたけれど……あの話はこっちのやる気を出させるための嘘だったのか。まぁこの状況《じょうきょう》で「そういえばお風呂は?」なんて言えないけれど……。

『協力、アリガトウゴザイマス……彼ラハ4階ニイマス』

促《うなが》されるまま、私はエレベーターの4のボタンを押したが、ボタンは一切《いっさい》反応しない。他《ほか》のボタンも押してみるが、うんともすんとも言わない。

『皆《みな》サンニハ、第三実験ニ協力シテイタダキマス』

……実験って、この展開、いい加減うんざりだ。

『ソンナ怖イ顔ヲシナクテモ大丈夫《だいじょうぶ》デスヨ……四人ノ絆《きずな》ヲ試スダケデス』

ホテルに閉じ込められた時、たしか謎の声は『第一実験ハ終了《しゅうりょう》デス』と言っていた。第二実験は私の知らないところで済まされたということだろうか。そんなどうでもいいことが気になってしまう。

『ルールハ至極《しごく》簡単。今カラ○×クイズニ答エテイタダキマス。多数決デ一番多イ答エヲ貴方《あなた》タチノ答エトシマス』

「不正解になったらどうなるの？」

　すかさず、はなちゃんが質問を投げかける。

『ドウモナリマセン』

　拍子抜《ひょうしぬ》けする回答が、すぐに返ってきた。

『正解スル毎《ごと》ニ、エレベーターハ一階上ヘト進ミマス。失敗スレバ上ニハ進マナイ。制限時間内ニ四階ニ辿《たど》リツケナケレバ……古寺・久保賀両人トノ再会ハ難シイデショウネ』

　え、それだけ？　これが正直な感想だった。

　今まではちょっとでも違《ちが》った答えを出せば、すぐにレーザー銃《じゅう》が飛んでくる。脳天を撃《う》ち抜かれてあっという間に腐《くさ》った卵にされてしまったのだ。

　このルールでは時間内であれば何度でも不正解を出して良いことになってしまう。なんというかルールとして、ちょっとゆるい感じがしてしまう。何か罠《わな》があるのではないかと、

私が一人怪《あや》しんでいると、

『勘違《かんちが》イシナイデクダサイ……コレハ「**黄金卵の就職活動**《ジヨブハンテイングゲーム》」トハ違ウノデスカラ』

こちらの心を読むように謎の声は言った。

『安心シテ問題ニ答エテクダサイ』

安心してって、この状況で『安心』なんてできるわけないじゃない。私は心の中で毒づいた。

「ならば、さっさと始めましょう。残り時間はあと8分57秒です」

田篠は腕時計《うでどけい》を気にしながら、謎の声の主を急かした。

彼はどうしてもこのゲームに勝ちたいようだ。それにしても彼が出題者側ではなく解答者側に立っているのは、なんだか変な感じがする。

『デハ始メマショウ。答エガ◯ノ場合ハ右手ヲ挙手。×ノ場合ハ左手ヲ挙手。オ願イイタシマス』

ジャジャジャン♪

エレベーターの中に出題音が響《ひび》く。

盛り上げていただいて申し訳ないが、こちらのテンションは全くあがらない。こちらの反応を気にする様子もなく、謎の声は出題へと移っていった。

『……デハ第一問。**黄金卵の就職活動**ニ参加シタ人数ハ200人ヨリ多イ。○カ×カ』

するとすぐさま田篠が右手をあげた。

「当事者が言っているのですから間違《まちが》いありません」

続けて、はなちゃんも右手をあげた。

「私が参加したものを考えても、200人は超《こ》えているでしょうね」

「……じゃあ、レイちゃんも右手をあげて」

レイちゃんにお願いすると、彼女は私の声に従い、すぐさま右手を天につきあげる。

レイちゃんの行動を見届けてから、私は右手を伸《の》ばしながら心がざわついている事に気づいた。

改めて数で聞かされると、高度育成プロジェクトとは、なんと恐《おそ》ろしいものだったんだろうと思う。

私の知らない所で大勢の学生たちが**『黄金卵の就職活動《ジョブハンティングゲーム》』**の被害《ひがい》にあい、自我を失ったまま生きているということだ。

さざなみ女子高で会った黄金卵の女の子たちの数を考えると、200人×2とか200人×3くらいの人間が強制的に、あの恐ろしいゲームに参加させられているのかもしれないのである。

そして、そのゲームをとりしきっていたのは田篠本人なのである。今は精神が崩壊《ほうかい》しているとはいえ、彼が多くの悲劇を生みだしたのは事実なのだ。

『全員一致《いっち》デ〇デスネ……ソレデハ正解ハ？』

謎《なぞ》の声が話し終わる前にゆっくりとエレベーターが二階へと動き始める。

私たちを乗せたガラスの箱はゆっくりと上昇《じょうしょう》していき、二階の教室フロアに移動していく。

「正解、したんだよね？」

「ええ、そのようね」

はなちゃんと顔を見合わせると、彼女はなんとも複雑な表情を浮《う》かべていた。

例えて言うならば、ネタや話題重視の突飛《とっぴ》なお菓子《かし》を食べた時の顔って言えばいいのかな。

一口食べて「うん、まぁマズくはないけどもぉ」みたいな微妙《びみょう》な顔である。

そんな顔をして、私とはなちゃんは見つめあっている。

正解したんだから、幸先《さいさき》が良いといっていいんだろうけども……ゲームのルールが緩《ゆる》いと、正解した後の感動が薄《うす》いらしい。

ノロノロと動くエレベーターには感動も何もない。一階分、エレベーターが動き、ゆっくりと停《と》まった。

ジャジャジャン♪

『続イテ第二問』

おめでとうの一言も雑談もなく、スピーカーからキンキンと頭の奥に響く謎の声は業務的に問題を読み上げていく。

『**黄金卵の就職活動**《ジョブハンティングゲーム》ヲクリアシテ、現在モ腐ッタ卵ニナラズ黄金卵ディルノハ市位ハナ、タダ一人デアル。○カ×カ?』

出題文章に自分の名前が出てきてビクリと反応してしまう。

「これも、○ですね」

率先《そっせん》して田篠が右手をあげる。

たしかプールに飛び降りた後、三人で逃《に》げている時、はなちゃんも同じことを言ってい
たっけ。黄金卵は私だけだって。さざなみ女子高に集められた黄金卵たちはあの時、全滅《ぜんめつ》
してしまったのである。

「これも○で問題なさそうね」

はなちゃんに促《うなが》されるまま、私も右手をあげる。

「レイちゃん、右手をあげて」

私たちは全員右手をあげて○に投票をした。

投票結果を受けて、再びエレベーターはゆっくりと動きだす。時間短縮なのだろうか
『ソレデハ正解ハ？』というくだりは、もう行われないらしい。ノロノロと三階の教室フ
ロアに私たちは到着《とうちゃく》した。

「このペースならば余裕《よゆう》で四階に到着できますね」

田篠は嬉《うれ》しそうに、再び腕時計《うでどけい》を眺《なが》める。

無事正解を重ねていることはたしかに嬉しいが、なんだか心は憂鬱《ゆううつ》だ。

なんというかさっきから問題が、嫌《いや》な感じなのである。田篠やはなちゃん、そして私の過去をグリグリと抉《えぐ》り、誰《だれ》も気持ちがよくないネタばかりをほじくりかえす。
もっと『石川県の県庁所在地は金沢《かなざわ》である。○か×か』とか『三大珍味《ちんみ》はトリュフ・キャビア・カラスミである。○か×か』みたいなTHE・○×問題を出してくれればいいのに。

ジャジャジャン♪

お約束の出題音が響く。あと一問正解すれば、私たちは四階にたどり着くことができる。もうすぐ先生たちに会える。その期待からか、レイちゃんの顔にはうっすらと笑《え》みが浮かんでいる。
『ソレデハ第三問……味田レイコハ瀬繹《せぬ》マイカト久保賀大治ヲレーザー銃《じゅう》デ撃チ、自我ヲ喪失《そうしつ》サセタ。○カ×カ？』

出題が終わっても私たちは黙《だま》り込んでいた。

私もはなちゃんもどう反応していいか分からなかったのである。まさか出題がレイちゃんのことにまで触《ふ》れてくるとは……。

さきほどルールが緩いといったが前言撤回《てっかい》である。人の触れられたくない過去にばかり触れてきて、私たちの関係にじわじわと亀裂《きれつ》をいれようとしているのだ。

「え、銃って……私が？」

レイちゃんは顔を引きつらせている。

長い黒髪《くろかみ》を耳にかけながら彼女は私、はなちゃん、田篠の順で様子を窺《うかが》ってきた。せっかく耳にかけた黒髪がパラパラと滑《すべ》り落ちていったが、誰も口を開くものはいなかった。

レイちゃんの瞳《ひとみ》は恐怖《きょうふ》と不安に満ちていく。

「……私、そんなこと、してないよね？」

「いいえ」

返事をしたのは田篠だった。

サラサラとした前髪《まえがみ》をかきあげながら、彼はクスクスと堪《こら》えきれないというように笑みを漏《も》らす。

「あなたはたしかに三人を撃《う》ちました。瀬縄マイカ、久保賀大治、稲沢はなの三人です。そのせいで稲沢はなは負傷し、残り二人は自我を失ったのです。あの暴走は実に見事でしたね」

レイちゃんの表情が絶望に染まっていく。

『黄金卵の就職活動《ジョブハンティングゲーム》』の記憶《きおく》を失っているのだ。彼女は田篠の言葉をどう受け止めていいのか分からず小刻みに首を横に振《ふ》っている。

「なんでこんなひどいことを！」

「そんな怖《こわ》い目でみないでください、市位さん。時間短縮ですよ」

田篠はコツコツと時計盤《ばん》のガラスを指先でたたく。

残り時間は四分と少しだった。

「問題に答えれば、どうせ遅《おそ》かれ早かれ分かることです」

彼の言うとおり、私たちが右手をあげようがあげなかろうが同じなのである。

正解か不正解かはスピーカーから聞こえてきてしまうのだから。いずれにせよレイちゃんが傷つくことは止められないのである。

「でもだからって言い方があるでしょ!?」

「もったいつけていては時間短縮になりませんよ」

田篠にくってかかろうとする私を、はなちゃんが制した。

「兄の行動は腹立たしいけど、たしかに残り時間は僅《わず》かよ……説明は先生たちを助けてからにしましょう」

はなちゃんの言うことはもっともだった。

だけどまだ反発したくなってしまうのは、はなちゃんが私ではなく彼の味方をしたからかもしれない。お兄さんに嫉妬《しっと》してどうするんだって話だ。私は反発心をぐっと押し込んでレイちゃんの肩《かた》にそっと触れる。

「到着したら必ずすべてを説明するから……今はクイズに集中してもらってもいい？」

この場面で、彼女に『お願い』をするのは、本当に心苦しい。

雄三たちによって与《あた》えられた自分の能力なんて使いたくないのに。私の言葉に、レイちゃんは不服そうな表情を浮《う》かべて一拍《いっぱく》あけてから「はい」と頷《うなず》いた。

「じゃあ右手をあげてもらっても、いいかな？」

彼女は促されるまま右手をあげる。

自分の中に湧《わ》き上がる感情とは全く反対の行動をさせられて、レイちゃんはどこか不満げだ。自我が戻《もど》りかけているが命令には逆らえない……自分の思考を自分でコントロールできない気持ち悪さに苛立《いらだ》っているようだった。

「さぁ、ハナも」

既《すで》に右手をあげているはなちゃんが私にそっと声をかけた。

「あ、ごめん」

私が手をあげたことで全員の答えが一致《いっち》する——問いの答えは〇である。

あと少しの辛抱《しんぼう》だ。もうちょっとで忌々《いまいま》しい実験もおしまいだ。

古寺先生と久保賀と合流することができれば、きっと何か新たな希望の光が差す……それを信じて、私は声を張り上げた。

「さぁ、早く四階に連れていって！」

その声に合わせて、ガコンッとエレベーターが動き出した。

透明《とうめい》の箱が上昇《じょうしょう》してゆき、ゆっくりと四階の様子が明らかになっていく。エレベーターを待ち構えるように二つの人影《ひとかげ》がそこにはあった。

古寺先生と久保賀だった。

二人はスマホに届けられた映像と同様に手足を拘束《こうそく》された状態で椅子《いす》に座らされていた。

「古寺先生！」

こんなにエレベーターの動きが遅く感じられることは今までなかった。

私とレイちゃんはエレベーターのドアに張り付いて、四階にたどり着くのを待った。もうちょっとで彼らに会える——萎《しぼ》んでいたみんなの気持ちが高揚《こうよう》していくのが手に取るように分かった。

ガコンッと、音を立ててエレベーターは止まった。

古寺先生と久保賀は目と鼻の先である——だが、一向にドアが開く気配はない。開くボタンを何度も連打するが、反応はない。

「早く、さっさと開けてよ！」

私が叫《さけ》ぶ横で、レイちゃんが扉《とびら》をドンドンと叩《たた》き続けている。はなちゃんはエレベーターに設置されたスピーカーをじっと睨《にら》んだ。

「やっぱり私たちをここに閉じ込める気だったの？」

はなちゃんの問いかけに、ようやっと謎《なぞ》の声が語りだした。

『マァマァ、ソウ焦《あせ》ラズニ』

「扉を開けずにタイムオーバーにするのはなしですよ?」

ゲームに負けそうな気配がし始めて田篠も声をあげる。彼の腕時計《うでどけい》は残り時間が3分を切っていることを告げていた。

『モチロン開ケマスヨ、最後ノ問題ニ答エテイタダケレバ』

最後の問題って、四階についたら終わりじゃなかったの⁉

刻々と制限時間が近づこうとしている。やっぱり雄三たちは私たちをエレベーターから出す気がないってことなの⁉

「まさか、最後に超《ちょう》難問を出すってオチ?」

今まで行ってきた数々のゲームを思い出して私は青ざめる。冷や汗《あせ》が額に滲《にじ》み、つつとこめかみへと流れていく。

『大丈夫《だいじょうぶ》デス、最後ノ問題ハ、オ時間ヲ取ラセマセン……ナニシロ、不正解ガアリマセンカラ』

「不正解がないって……どういうこと？」

『問題ヲ聞イテイタダケレバ分カリマスヨ』

ジャジャジャン♪

謎の声に続いて出題音が響《ひび》いた。

『最終問題デス、アナタ達ガ不要ナノハドッチ？　古寺正義《せいぎ》ガ不要ナ場合ハ〇、久保賀大治ガ不要ナ場合ハ×ヲ選ンデクダサイ』

最低最悪な最終問題に、私はしばらく声をあげることができなかった。

なにが不正解はないだ。

正解がないの間違《まち》《が》いじゃないか。あいつらは私たちに古寺先生か久保賀、どちらを見捨てるか選べと言っているのだ。

「……それで、どっちを選びます？」

完全にフリーズしていた私に尋《たず》ねてきたのは田篠だった。どこか他人事《ひとごと》な彼の態度にカァッと血がのぼっていく。

「こんなの、答えられるはずないじゃない！」

「しかし残り140秒を切りましたよ？　このままでは両方とも助けられず終わってしまいます」

田篠の表情はいつになく冷ややかだ。

きっとこのゲームに負けるのが嫌《いや》なのだろう。

ゲーム脳の田篠はどちらに投票するかをさっさと決めてしまいたいらしい。その様子から、彼が古寺先生を助けることにも久保賀を助けることにも全然興味がないことが分かった。

「……多数決で決めましょう」

私と田篠がにらみ合っている横で、はなちゃんが新たな提案をした。

「みんな目を瞑《つぶ》って誰《だれ》に投票したかは明かさない……結果には文句を言わない」

「でも」と、言葉を遮《さえぎ》ったのはレイちゃんだった。

「それじゃあ大治が……」

彼女はそれ以上言葉を続けなかったが、言いたいことはきちんと私たちに伝わっていた。古寺先生がしてきたこと、久保賀がしてきたことを天秤《てんびん》にかけた時、二人がしてきたことを考えれば古寺先生に天秤が傾《かたむ》くと考えるのが自然だろう。特にはなちゃんは久保賀のさざなみ女子高での行いを直接見ていないし。

レイちゃんは唇《くちびる》を噛《か》みしめて俯《うつむ》いている。長い黒髪《くろかみ》に隠《かく》れているが、その隙間《すきま》から見える瞳《ひとみ》はうるんでいる。

「やだよ……こんなの」

気づいたら私は口を開いていた。三人の視線が一斉《いっせい》にこちらに注がれる。

「どっちかを見捨てるなんて……そんなの選べるわけないじゃん！」

「ハナ」と、はなちゃんが私の名前を呼ぶ。

たった二文字なのに、そこには「もう時間がないの」「きれいごとを言っている暇《ひま》はないのよ」「覚悟《かくご》を決めて」などのニュアンスが含《ふく》まれていた。

「残り時間60秒ですよ……決めなくては」

田篠が更《さら》に私を急《せ》かす。

「なら、私はどちらも選ばない！」

私は両手でスカートをクシャリと握《にぎ》りしめた。

「私は、○も×も選ばないことを選ぶ！」

「残り50秒」と、田篠は時計盤《ばん》を見つめて事務的に言った。

皆《みな》が互《たが》いの行動に目をやり続けている。私を無視して手をあげてしまうかどうかを悩《なや》んでいるようだ。

「……それじゃ二人とも助けられない」

レイちゃんは声を震《ふる》わせて、うるんだ瞳で見つめてくる。私は彼女から目をそらして、更に固くスカートを握りしめた。

「ごめん、でも私の正解はこれなんだ」

「……最終問題は、不正解はない」

今まで黙《だま》っていたはなちゃんがハッとしたように顔をあげる。

「さすがね、ハナ」

はなちゃんの顔には笑《え》みが戻《もど》っていた。

「はな、ちゃん？」

「最終問題には不正解はない、私たちの答えは多数決で決まる」

彼女の言葉に、今まで立ち込めていた絶望に一筋の光がさした。

「……つまり『どちらも選ばない』が正解になるってこと？」

彼女はコクリと頷《うなず》き、重力に任せて両腕《りょううで》の力を抜《ぬ》いた。やっと見つけたルールの抜け道。

これでどちらも見捨てずに済む……思わず口元が緩《ゆる》んだ。

「残り30秒」と呟《つぶや》いてから、田篠は時計から目線をこちらに移した。

「では解答しない、が我々の答えですね」

そう言って彼は腕を組んだ。選択《せんたく》をしないという意志表示ということだろう。

「……大丈夫なのかな」

レイちゃんは不安げに、私を見つめ続けている。久保賀の事で頭がいっぱいのレイちゃんの瞳には再び生気が宿っていた。

「本当にこれで二人を救えるの？」

「うん……私を信じて、手をあげずにいて」

私のお願いに再びスゥと生気を失うレイちゃんは、ぶらんと両手をおろした。

彼女が不安に思うのは仕方がない。でも自信があった。はなちゃんと私で導き出したこの答えに。

「制限時間まで、残り20秒」と、田篠がカウントする。

私は両手をぶらぶらと動かしながら、スピーカーに向かい叫《さけ》んだ。

「答えはでた！　話は聞いてたんでしょ、早く扉《とびら》をあけ」

「て」を言い終わらぬうちに激しい衝撃《しょうげき》が、私を襲《おそ》う。

突然《とつぜん》、壁《かべ》に押し付けられたのだ。

「……え？」

私を壁に押し付けたのは、レイちゃんだった。

「……ごめんなさい」

レイちゃんは今まで堪《こら》えてきた涙《なみだ》をボロボロと瞳からこぼしている。

私は何が起きたのか分からなかった。

だって彼女は私の右手首を摑《つか》み、無理やり上空へと持ち上げていたのだから。

「……なにを、やってるの⁉」

はなちゃんはレイちゃんを私から引きはがそうとするが、彼女の力は恐《おそ》ろしいほどに強い。

「ごめんなさい、ごめんなさい」

レイちゃんは涙を流し何度も頭をさげている。さっききちんとお願いをして、レイちゃんはそれに従ってくれないとおかしいのに。何が起きたか分からぬまま頭が真っ白になっていると、
パンパカパカパパ～ン♪

スピーカーから間抜《まぬ》けなファンファーレが響《ひび》いた。

『オメデトウゴザイマス。実験ハ終了《しゆうりよう》デス。多数決ノ結果、〇ノ古寺正義ガ不要デアル事

ガ決マリマシタ』

ハッと我に返り、私はレイちゃんと田篠を見やった。

二人は右手をあげている。○が3票で、私たちは古寺先生を見捨てるという選択をしたことになってしまったのである。

『見事、制限時間内ニ久保賀大治ヲ助ケダシタ皆サンに拍手《はくしゅ》ヲ送リマス』

スピーカーから声が響く中、古寺先生の背後に何者かが現れて椅子《いす》ごと彼を部屋の奥へと引きずっていく。

「古寺先生！」

バンバンとガラスをたたき、必死に彼の名前を呼ぶが、彼が反応することはない。

「待って、行かないで！」

必死に叫ぶが、彼はそのまま暗闇《くらやみ》へと消えていった。こんなに近くにいたのに……救えなかった。ずっとずっと会いたかった人なのに。

「……さっき選択はしないって言ったのに！」

予期せぬ裏切りが続き、私は田篠を睨《にら》んだ。不思議と涙はでなかった。悲しみより怒《いか》りの感情がまさっていたのだ。

私の隣《となり》ではなちゃんは青ざめたまま固まっている。自分の兄がした行動が信じられないのだろう。

「仕方ないでしょう、私があげなければ無投票2、○2で引き分けになってしまう。そしたら確実にゲームオーバーでしたよ」

「……本当にゲームに勝つことしか考えてないんだね」

せっかく差し込んだ一筋の光を遮断《しゃだん》されたショックからか、私の口からは自然と乾《かわ》いた笑みがこぼれた。

「あの短い間に、よくそこまで頭が回るよ。感心しちゃう」

「まぁ味田さんがこの選択をするのは、想定内でしたからね」

涙でエレベーターの床《ゆか》を濡《ぬ》らすレイちゃんを、田篠は冷ややかに見下ろしていた。レイちゃんはブツブツと「ごめんなさい」を繰《く》り返している。

「自我を取り戻した彼女はアナタの言う事を聞くわけありませんから」

「……え？」と、意味が分からず私は田篠とレイちゃんを交互《こうご》に見やった。

「おや気づきませんでしたか。さっきの投票の時、妹が多数決をとろうとした時の味田さんですよ。久保賀先生が選ばれるはずがないという反応は『黄金卵の就職活動《ジョブハンティングゲーム》』の記憶《きおく》を持っているからこそできるのですから」


田篠の言葉にハッとする。

たしかにそうだ。

あの悪夢が起こる前までは圧倒《あっとう》的な人気を誇《ほこ》っていたのは久保賀だった。ならば彼が選ばれると思うのが普通《ふつう》だ。

どうしてこんな簡単なことに気づかなかったのか。

自分自身の詰《つ》めの甘さを呪《のろ》う。レイちゃんが自我を取り戻すのは時間の問題だったのに。迫《せま》りくる時間にばかり気をとられて焦《あせ》ってしまっていた。

私を追ってレイちゃんがプールに飛び込んできた時、はなちゃんに言われた「彼女が『彼』を思いだしたらハナはどうするつもり？」という言葉が脳裏《のうり》に蘇《よみがえ》った。

「記憶が戻《もど》ったなら、なぜ言わないの？」

はなちゃんは嫌悪《けんお》感《かん》を隠《かく》そうとせず、レイちゃんを睨んでいる。

「だって……私も、どうしていいか、分からなかったから」

レイちゃんの声は嗚咽《おえつ》交じりで、とても聞きにくかった。

「大治にされたこと、思い出して絶対許せないって、本当に頭にきた……もしあの食堂に戻れるとしても、同じように彼の頭を撃《う》ち抜いたと思う……でも」

レイちゃんは言葉を区切り、ドンッと拳《こぶし》を床に叩《たた》きつける。

「全部思い出しても、やっぱり好きなんだもんっ！　もう一度彼の声が聞きたかったんだもん！」

「手をあげなくても彼は救えた、古寺先生もね」

はなちゃんは冷たく言い放つ。しかしレイちゃんは首を横に振《ふ》り続ける。

「○も×も選ばないで大治が死んじゃったら？　なら確実に助ける道を選ぶでしょ」

壁《かべ》にうちつけられて全身がズキズキと痛んでいたが、何よりも痛いのは胸――心であった。レイちゃんが可哀想《かわいそう》で見ていられなかった。何か言葉をかけてあげたかったが、古寺先生を見捨てるという選択《せんたく》を取った彼女を許せない自分もいた。ただただ彼女をみつめることしかできないでいると、その目線に気づいたのかレイちゃんは私に話しかけてきた。

「それに大治は心を入れ替《か》えたんでしょ？　さっき市位さんのお友達が言ってたじゃない。彼に助けられたって！」

何も言えず、ただただ首を横に振り続けた。

私が彼に『お願い』をして性格を変えさせていたなんて、口が裂《さ》けても今の彼女には説明できなかった。

『喧嘩《けんか》ハソレクライニシテ、感動ノ再会タイムト参リマショウ』

謎《なぞ》の音と同時に、エレベーターの扉《とびら》がゆっくりと開いていく。

「大治！」

レイちゃんは狭《せま》い隙間《すきま》に体をねじ込み、完全に扉が開く前に外へと飛び出した。

「大治、大丈夫《だいじょうぶ》⁉」

私たちも彼女の後を追う。誰《だれ》も彼女を止めようとはしない。そんなことをしても無駄《むだ》だと分かっていたから。レイちゃんは黒髪《くろかみ》を激しく揺《ゆ》らして走る。

一歩一歩、久保賀に近づいていき、その距離《きょり》は瞬《また》く間に縮まっていく。

「大治！」

レイちゃんは彼の名前を呼び、椅子に座る彼に飛びついた——はずだった。だが彼女の体は彼の体をすり抜《ぬ》け、そのまま勢いよく床に打ちつけられた。小さな悲鳴をあげてレイちゃんはその場に蹲《うずくま》る。

「……なにこれ、どうなってんの？」

困惑《こんわく》する彼女とは違《ちが》い、私にはハッキリ今起きたことが分かっていた。

さざなみ女子高の放送室で、田篠に騙《だま》された手とおんなじである。

「……ホログラム」

「……やっぱり私たちを騙したんだ」

最初から古寺先生も久保賀も、この空間にいなかったのだ。二人の名前を出せばこちらが動くと思ったんだろう。私はまんまとその罠《わな》にかかったのだ。

「さすがだね、黄金卵くんは」

久保賀の歪《ゆが》んだホログラムの向こうから見知らぬ声が聞こえてきた。

「その頭の回転の速さ、状況《じょうきょう》判断のスピード……実にすばらしいよ」

電子音ではない男の声である。一体誰がホログラムの後ろに隠れているのか分からず状況が呑《の》み込めない私の前に、突然《とつぜん》はなちゃんが立ちふさがった。彼女には声の主が誰なのか分かっているのだ。

「相変わらずやり方が汚《きたな》いのね……お父様」

はなちゃんの言葉を合図にゆっくりとホログラムの背後から姿を現したのは、稲沢雄三だった。彼の背後には私たちを追ってきていた黒服の男たちが数人立っており、皆《みな》がレーザー銃《じゅう》を所持している。

「私たちがここにくれば、古寺正義と久保賀大治を助けてくれると言ったはずでしょ」

雄三は口ひげをゆっくりと撫《な》でながら、深く息を吐《は》き出した。

「さてなんのことかな」

雄三は倒《たお》れているレイちゃんに静かに近づいていく。

「君たちが誰に呼び出されてここにきたかは知らないが、私には関係のない話だ」

私は「レイちゃん危ない！」と、声をあげようとしたが彼はレイちゃんが見えていないかのように彼女の黒髪を踏《ふ》みつけた。

「きゃっ」

レイちゃんは悲鳴をあげたが、雄三は彼女の体を踏みつけて一歩一歩私たちとの距離を詰《つ》めてくる。彼からすると腐《くさ》った卵は人間以下の存在なのだということが分かり、吐き気がするほど嫌悪《けんお》した。

「嘘《うそ》、私たちにメッセージを送り続けてたじゃない⁉」

はなちゃんは後ずさりながら、雄三を怒鳴《どな》りつけた。

「……愚《おろ》かな娘《むすめ》よ」

雄三は心の底から憐《あわれ》んだ表情を浮《う》かべ、はなちゃんを見やった。

「そのメッセージが私からきたという証拠《しょうこ》はあるのかい？」

「……このひとでなし！」

はなちゃんは叫《さけ》んだ。しかし雄三は一切《いっさい》動じない。

「残念ながら、お前に用はない……今はね」

彼は田篠とそっくりの色素の薄《うす》い瞳《ひとみ》を、ゆっくりと私に向けて僅《わず》かに目を細めた。おそらく微笑《ほほえ》みかけているつもりなのだろうが、血が通っていないサイボーグのような彼には驚《おどろ》くほど笑顔《えがお》が似合わなかった。明らかに不気味な偽物《にせもの》の笑みを浮かべながら彼は私に言った。

「君の力を借りたいのですよ、黄金卵くん」

nou shou
sakuretsu
girl

四章：彼の正論 彼女の反論

私の事を、雄三は「黄金卵」と呼んだ。

スリーピース仕立てのスーツを着込んだ彼は、いかにも作り物の笑みを浮かべて、こちらをゆっくりと見まわした。

「もっと早くこうしてお話ししたかったんだが、色々と邪魔《じゃま》が入ってね」

邪魔というのは、はなちゃんたちのことだろう。

はなちゃんはじっと父親のことを睨《にら》んだまま口を噤《つぐ》んでいる。彼女は今すぐにも彼に飛びついてオオカミみたいに首筋に噛《か》みつき殺したい……それをぐっとこらえているようだった。殺気立っているせいで、せっかくの可愛《かわい》い顔は恐《おそ》ろしく歪んでいる。やっぱり彼女には天使のような笑顔がよく似合う。彼女の真似《まね》をして口にチャックをした私は、対峙《たいじ》している雄三の姿を下から上へと眺《なが》めた。

綺麗《きれい》に磨《みが》かれた革靴《かわぐつ》、チャコールグレーのダークスーツには、細かなストライプの線が入っている。黒い細身のネクタイ。ベストのボタンは濃《こ》いネイビー色で、スーツをより洗練させてみせていた。綺麗に整えられた口ひげに、黒縁《くろぶち》の眼鏡。すらりと背の高い彼は全《すべ》てを優雅《ゆうが》に着こなしていた。

親子なのだから当たり前だが、表情や喋《しゃべ》り方が田篠にとてもよく似ている。

四十年後の田篠と対面しているようで、なんだか不思議な感覚だ。

私たちに近づきすぎた雄三をお供の黒服たちが止めようとしたが、

「大丈夫《だいじょうぶ》だ」

雄三は手をあげて、それを窘《たしな》めた。

私たちなど少しも怖《こわ》くないというように、雄三はグングンと私たちとの距離《きょり》をつめてくる。非常口の場所を知らせる緑の照明がついているだけで、周囲はとても薄暗《うすぐら》い。

雄三の背後にある窓からは時折月明かりが漏《も》れるが、空にはいつの間にか雲が立ち込め、周囲は闇《やみ》につつまれていた。

手を伸《の》ばせば彼の口ひげに触《ふ》れられそうな距離である。

しかし距離が近くても手どころか、まばたきさえもうまくできそうにない。だって大勢の男たちに、あの銃《じゅう》を向けられているんだもん。少しでも変な動きをすれば、すぐに頭を撃《う》ち抜《ぬ》かれるだろう。倒《たお》れているレイちゃんも、はなちゃんも、田篠も誰《だれ》一人動くことなく、ただただ雄三を睨みつけていた。

「いい加減にして」

唇《くちびる》を噛みしめていたはなちゃんがおもむろに口を開く。

「……これ以上、どんな過《あやま》ちを重ねようというの？」

「過ち？」

雄三は不思議そうに首を傾《かし》げた。一体この子は何を言っているんだろうと、心底不思議そうに色素の薄い瞳で、彼は彼女を見やる。

「しらばっくれないで！」

雄三と目線があった途端《とたん》、はなちゃんはさっと彼から目をそらした。汚《きたな》らしいものを視界に入れたくないというように嫌悪《けんお》感《かん》を隠《かく》そうとしない。娘の態度を気にする様子もなく、彼は尋《たず》ねた。

「私がいつ過ちを犯《おか》したというんだい？」

「正気なの⁉」

はなちゃんがフンと鼻を鳴らす。

「あなたが考えたバカげた育成プロジェクトのことよ」

雄三はキョトンとした表情を浮《う》かべている。字幕なしで外国の映画を延々見せられているみたいに、なにかが行われていることは分かるが意味はまったく分からない。そんな様子である。雄三は口ひげの流れを指先で整えながら「う〜ん」と声をあげる。

「娘《むすめ》よ……お前は一体何を言っているんだい？」

キョトンとした顔をしたまま雄三は再び首を傾げた。

「失敗などしていないよ、計画が変更《へんこう》されただけだ」

計画が変更？

今度は私たちがキョトンとする番だった。

「高度育成プロジェクトは形を変えて継続《けいぞく》されているよ」

彼は眼鏡を押し上げる。それも田篠がよくやる癖《くせ》であった。

汚《よご》れひとつない眼鏡のレンズには、困惑《こんわく》しきった私とはなちゃんの顔が映っている。眼鏡の位置が気に入らないのか、鼻あて部分が痛くなったのか。雄三は眼鏡を外してスーツのポケットに、それをしまった。

「……むしろ計画が変更されて『より強固なプロジェクト』になったと言っても過言ではないね」

「……嘘《うそ》」

意味不明な発言に、もう黙《だま》っていられなかった。

雄三の『微笑《ほほえ》んでいるのにどこか冷たい瞳《ひとみ》』が向けられて背筋がゾッと凍《こお》りつく。思わず怯《ひる》みそうになったが、負けてたまるかと、ぐっとこらえて私は必死に口を動かした。

「だって田篠が言ってたもの、さざなみ女子高で！」

隣《となり》に立つ田篠に確認《かくにん》をとるように目配せする。彼は私の目線に気づいていないのか、まっすぐ雄三を見つめ続けていた。

「**『黄金卵の就職活動《ジョブハンティングゲーム》』**は失敗したって！ **『黄金卵の就職活動』**は机上《きじょう》の空論にすぎなかったって！」

田篠は放送室で、私と風に言ってのけたのである。

優秀《ゆうしゅう》なリーダーを育てる為《ため》に黄金卵を選出したが、選ばれた『黄金卵』たちは彼らが思うような行動をとらなかった。

田篠いわく、**『黄金卵の就職活動』**に勝ち残った事で酔《よ》いしれ、傲慢《ごうまん》で不愉快《ふゆかい》。指導者というより独裁者の風貌《ふうぼう》が漂《ただよ》っている。

「人間が携《たずさ》わることだから実験を重ねて成果をみないことにはどうしようもないって言ったよね？……だから、その失敗を基《もと》に、これからは脱《だつ》リーダー政策、青少年平均育成プロジェクトを進めるって言ったよね！」

私が尋ねる度《たび》に田篠は頷《うなず》き、そして最後に「ええ、全くその通りです」と、やっと私の方を見た。

「高度育成プロジェクトは中断されて、青少年平均育成プロジェクトへと切り替《か》わったと聞いています」

彼は眼鏡を指で押し上げる。

そのジェスチャーは実にわざとらしく不自然だ。おそらく雄三を真似してあえてそのリアクションをとったのだろう。

「ですが『黄金卵の生存闘争《ロワイヤルゲーム》』を経て、そのプロジェクトも中断されたと、病室であなたから聞かされたと思うのですが」

田篠は空に文字を書くジェスチャーをしてから、喉奥《のど》をククと震《ふる》わせる。

「いつか復活する『黄金卵の就職活動《ジョブハンティングゲーム》』の為に面接問題を作成しておけと、ペンと紙を渡《わた》されながらね」

「……これでもまだ失敗していないと言い張るつもり？」

私の盾《たて》になるように立つはなちゃんは長いツインテールをギュッと握《にぎ》ってから、サラリと撫《な》でた。感情的にならないようにだろうか。自分を落ち着かせるように、彼女はゆっくりと単語を切って言葉を連ねていく。

「二度も失敗を重ねて万策《ばんさく》尽きた？　とうとう国のお偉《えら》いさんたちに愛想《あいそ》をつかされたのかしら？」

はっきりとみえないが、その横顔はどこか加虐《かぎゃく》的に微笑んでいる。五反田駅前で雄三を狙《ねら》った時とも違《ちが》う、決意というよりは憎《にく》しみや怒《いか》りに満ちた表情だった。

「……愚《おろ》かな娘よ」

雄三の眉間《みけん》にうっすらと皺《しわ》が入る。彼は腕《うで》を組み、右手で左の二の腕あたりを苛立《いらだ》ちに

合わせてトントンとたたき続けている。

「君は私の話を聞いていたのかい……言ったはずだよ、計画が変更されただけだと」

雄三は一向に態度を変えようとしない。私たちは徐々《じょじょ》に理解しだしていた。どうやら彼の言動が『ただの強がり』ではないということに。

パンパンに膨《ふく》らんだ風船に鋭《するど》い針が少しずつ近づいているような、乗っている船の向こうに薄黒《うすぐろ》い雲が立ちこみはじめたような、ザワザワとした胸騒《むなさわ》ぎが起こり始めて、息苦しい。心臓がバカみたいに鼓動《こどう》を速めていく。私はうまく唾《つば》をのみこめず、ゴクリと喉をならした。

「議員をやめたのも、計画変更した為なのですか」

田篠の問いに「当然だよ」と、雄三は答えた。

「私は嫌気《いやけ》がさしたのだよ、結局今に甘んじて変化を嫌《きら》う老害共にね……だからやめたのさ、奴《やつ》らに甘い汁《しる》を吸わせてやるのをね」

変化を嫌う老害？　甘い汁？

彼が何を喋《しゃべ》っているのか全く分からない。必死に話を理解しようとしている間に雄三はどんどんと話を進めていってしまう。

「君たちが五反田駅で私に会いに来てくれた時、これを利用させてもらおうと思ったのさ。君たちのおかげで素晴《すば》らしい計画変更ができそうだ。老害たちの力を借りず、私ただ一人でね」

雄三との言葉のキャッチボールが、ひとつもうまくいかずに、私の足元にはコロコロと何個ものボールが転がっていく。でも私は怖《こわ》くて、身を屈《かが》めて転がるボールを手に取ることもできない。雄三が何を考えているのかを理解するのが怖くて怖くてたまらなかった。

そんな中、勇敢《ゆうかん》にボールを拾ったのは、はなちゃんだった。

「……一体、なにを考えてるの？」

彼女の言葉に、雄三はニヤリと微笑んだ。まるでこの問いかけをずっと待っていたかのように。

「決まってるだろう、『かくめい』だよ」

……かくめい？

私の頭が彼の発した言葉を『革命』と変換《へんかん》するまでに数秒の時間を要した。

え、ちょっと待って……革命って、あれだよね⁉

同じ数字のトランプを四枚だしてやる、大富豪《だいふごう》だと結構ゲームが荒《あ》れちゃうあれじゃないよね。ベルサイユのばらでオスカルがフランス衛兵隊をやめて参加するあれだよね⁉

……ごめん、ふざけているわけじゃないんだ。

だって私の頭をフル回転させて『革命』って言葉を検索《けんさく》しても、思い浮《う》かぶことはそれくらいなんだもん。今まで普《ふ》通《つう》の人よりは多少は非現実的な出来事に巻き込まれている私にとっても、雄三が放った言葉は非現実的で一体どんなことを指すものなのかも分からないフワフワとしたものなのである。

「革命なんて言葉で逃《に》げずに、きちんと説明しなさいよ」

先ほどの笑《え》みをすぐにひっこめて、実の娘《むすめ》に向ける眼差《まなざ》しとは思えない冷ややかな目線の雄三は深いため息をつき、そしてすぅと息を吸い込んだ。

「何でもかんでも説明してもらおうとするな」

ぴしゃりと、彼の声が校内に響《ひび》いた。

「……考えるということを知らない愚かな若者たちよ」

うんざりとした彼は少し後ずさり、倒《たお》れているレイちゃんの脇腹《わきばら》を、ピカピカの革靴《かわぐつ》で軽く小突《こづ》いた。

「やめてっ！」

私は叫《さけ》ぶが、雄三は小突くのをやめようとしない。

「本当に嫌《いや》ならば、自分で『嫌だ』と抵抗《ていこう》すればいい」

彼は力をこめることなく、脇腹を小突き続ける。

レイちゃんは「うっ」と悲鳴を小さくあげるだけで激しく抵抗することはしない。久保賀に出会うことができず、すっかり意気消沈《いきしょうちん》してしまっているようだ。そんな彼女を彼はつまらなそうに見下ろした。

「よく考えてみたまえ……パズルのピースは、既《すで》にそろっているだろう？」

雄三はレイちゃんを小突くのをやめて、再び口ひげを撫でた。

「パズル？」

雄三との言葉のキャッチボールになんとかついていこうと必死な私は、彼の言葉を繰《く》り返す。

「さぁ、私が何を考えているのか……お得意の推理ゲームで答えてみたまえ」

「あなたとゲームをするつもりはないわ！」

はなちゃんの言葉への返信がわりのように、雄三はそっと黒服の一人に目線を送る。

彼はそれに従うように、さっとレイちゃんに銃口《じゅうこう》を向けた。

「……反抗期《はんこうき》か知らないが、親に楯突《たてつ》いても良いことはないみたいだよ」

レイちゃんはレーザー銃を頭に向けられて「はっ、はっ、はっ……」と呼吸を荒《あら》らげだす。彼女の顔は汗《あせ》と涙《なみだ》でぐっちょりだった。二度、脳漿《のうしょう》を撃《う》ち抜《ぬ》かれれば田篠のように精神が崩壊《ほうかい》してしまう。せっかく取り戻《もど》した自我をまた失ってしまう。その恐怖《きょうふ》で彼女は震えていた。

「君たちを捕《つか》まえるだけが目的ならば、いつでもそうすることはできた。ではなぜこんな回りくどいことをしたのだと思う？」

私の脳裏《のうり》に謎《なぞ》の声が蘇《よみがえ》る。スピーカーから聞こえてきたあの不快な声は、やたらと『実験』というフレーズを繰り返していた。

「……革命の為《ため》の『実験』ってこと？」

私が答えると、雄三は「素晴らしい」とワザとらしく拍手《はくしゅ》をした。

「さすが黄金卵くんだ、思ったより頭の回転が速いね」

あからさまに小馬鹿《こばか》にした様子が非常に腹立たしい。

「黄金卵」という呼び方からも分かるように、きっと私の事を人間扱《あつか》いしておらず、ちょっと知恵《ちえ》を持ったおさるさん、いやハムスター……下手したらミジンコくらいに思っているんだろう。

「君たちが危機的状況《じょうきょう》にならないと燃えないタイプだというならば、私が演出してあげよう」

そう言うと雄三はレイちゃんの黒髪《くろかみ》をむんずとつかんだ。

「きゃっ」

彼女は悲鳴をあげたが、雄三は気にしない。

髪を持ったまま腕《うで》をあげて床《ゆか》に横たわっていた彼女の顔を持ち上げた。

「君のようなタイプの人間は……自我など持たぬ方がきっと幸せに生きていけるだろうね」

髪の毛を引っ張られたレイちゃんは痛みに顔を歪《ゆが》めて「いやっ」「痛いっ」と抵抗した

が、雄三は髪の毛を離《はな》さない。ジタバタと抵抗する彼女の瞼《まぶた》にあるピアス跡《あと》が露《あら》わになる。

「お願い、やめて……」

レイちゃんは涙を流しながらも、こちらと目を合わそうとしない。きっと自分がしてしまった過《あやま》ちに胸を痛めているんだろう。目を合わす資格がないと思っているのかもしれない。

「自我を持たないで幸せな人間なんているわけないじゃない！」

レイちゃんの代わりに私は叫んだ。

「……人から自我を奪《うば》って、無理やり命令させて、あなたがしていることなんて間違《まち》いだらけじゃない！」

彼の癖《くせ》なのだろうか、雄三は首を傾《かし》げて私を見やった。

「本当にそう思うかい？」

雄三は私の目を覗《のぞ》き込む。彼の瞳《ひとみ》は色素が薄《うす》いが、目の奥には暗い闇《やみ》が広がっているように見えた。

「本当に私の行ったことは間違っているかい？　間違っているのならば、なぜ腐《くさ》った卵は自我を取り戻さない？」

それは、かつて田篠にも言われた言葉だった。

言葉に詰《つ》まっていると、はなちゃんが雄三を再び睨《にら》みつける。

「勝手に奪っておいて、取り戻さないから要《い》らないもの？　そんな理屈《りくつ》通用すると思ってるの？」

「本当に必要だと思っているならば必死になって取り戻すだろう、どんな汚《きたな》い手を使っても……君が黄金卵くんを助けようとしたように。黄金卵くんが君を助けようとしたように」

グリグリと人の傷を抉《えぐ》るような嫌らしい言い方で、彼は私たちに問いかけてくる。

「冷静になってよくみてみたまえ。周りにいる若者たちを。学校、部活、仕事先、バイト先……結局彼らは身の回りのヒエラルキーに縛《しば》られて、その頂点に立つ人間の顔色を窺《うかが》い、長いものには巻かれておけと言わんばかりに世の中に流され、受け身となるばかりではないかい？　そうだろう？」

こちらに同意を求めるような口ぶりだったが、彼は私たちの意見など求めていないのは明らかだった。雄三はレイちゃんの髪の毛を更《さら》に強くひっぱりながら、私たちに淡々《たんたん》と語り続ける。

「普段《ふだん》は流されて、なにも責任を負わない生き方を心地《ここち》よく思っている。時々、自分で声をあげるとすればどれも不満や文句ばかり。自分で何も努力しないで、あれが嫌だ、これが辛《つら》いとグチグチグチグチ。それもどれも自分の半径数メートルで起こっているくだらない出来事についてだ。誰《だれ》も自分の住む町、住む国、住む世界の変化や問題には目を向けない。別に自分には関係ないとそっぽを向く」

すべて自分にあてはめられることで、はっきり言って耳が痛かった。

だって私まだ子供だし、難しいこと分からないしと言い訳したくなるが、そんなこと言っても、雄三の思う壺《つぼ》であるのは分かっていた。

「変に自我を持っているから時々不満を持つ。そんな奴《やつ》らに本当に自我など必要と思うかい？　何も疑問を持たず毎日決められたことをして暮らせるならば、それは実に幸せで充《じゅう》実《じっ》した生き方だと思わないかい？　私の考えた「高度育成プロジェクト」を実施《じっし》すれば、誰もが幸せになり、国力も漲《みなぎ》っていく。全《すべ》て、この国の為を思っての行動だということが、どうして分からない。君は頂にたつ権利を得た黄金卵くんなのに！」

私はここにきて、やっと気づいた。

この人と何を話しても無駄《むだ》だ。だってこの人は自分のやっていることが正しいって心の底から信じ込んでいるのだ。

正直にいえば彼が言っていることは、ほんの少しは理解できる。

普段は受け身で周囲に流されているほうが楽だ。そのくせ文句だけは人一倍ある。だけど、それが人間じゃない？

そんな生き方が正しいとは思わないけど、だからって自我を奪われていいなんてことには直結しない。それが国の為だなんていうならば、そんな国滅《ほろ》びてしまえって思う。何を言っても『彼の正論』で叩《たた》き潰《つぶ》される気がして、私は口を開けずにいた。

はなちゃんにいたっては「これ以上聞いていても耳が腐るだけだわ」と、両耳を塞《ふさ》いでしまっている。

「さて、本題に戻ろうか」

雄三は分からないならば理解してくれないで結構というように表情ひとつかえずに口髭《くちひげ》を撫《な》でる。

「……私が三つの実験で確かめたかった事は何だと思う？……すべて答えられれば、彼女を『腐った卵』にすることはやめてあげるよ」

「そんなの……分かるはずないじゃない！」

怒《いか》りでカアアッと体が熱くなった。だって、雄三が言っていることって、さきほどまでのゲームとは訳が違《ちが》うじゃない。ヒントもなければ解き方の方向性も分からない。ゲームの抜《ぬ》け道だって存在しない。こんなのをゲームと言われてもチンプンカンプンだ。

「諦《あきら》めるのかい……では、この子を見捨てるというわけか」

雄三の目配せで黒服がレーザー銃《じゅう》の引き金に指をかける。

「待って、今考えてるから！」

必死に叫《さけ》ぶ私を見て、雄三は楽しげに口元を緩《ゆる》めた。

「なんなら制限時間も設けてあげようか？」

「そうやってまた、人の神経を逆撫《さかな》でするような事ばかり言うのね」

うんざりといったように、はなちゃんは言葉を吐《は》き捨てる。そして雄三に背を向けて、私と向き合った。

「ハナ……彼に構っているのは時間の無駄よ。今は『三つの実験』について皆《みな》で考えましょう？」

「そう、だね」

はなちゃんの言うとおりだ。今は雄三に怒《おこ》っている場合じゃない、この状況《じょうきょう》に絶望している場合じゃない。レイちゃんを救う為《ため》に、彼の言う『三つの実験』とやらがなんだったのかを突《つ》き止めなくてはいけない。

「このゲームを行う理由があるのですか？」

せっかく私が自分の闘志《とうし》を奮いたたせようとしたのに、それに簡単に水をかける男――田篠は納得《なっとく》いかないといった様子で私の顔を見やった。

「エレベーターでの彼女の行い、みたでしょう？」

「だから何⁉」

私は苛立《いらだ》ちながら、彼に尋《たず》ね返した。

「彼女は久保賀を餌《えさ》にされれば、平気でまたあなたたちを裏切りますよ……このゲームの駒《こま》としてはふさわしくない」

「レイちゃんを物扱《あつか》いしないで！」

田篠はやれやれと首を横に振《ふ》った。

「揚《あ》げ足をとっている場合じゃない……ただでさえ勝ち目の薄《うす》いゲームなんですよ」

「で、なに？　だからレイちゃんを助けなくていいっていうの？　彼女は私の友達なんだから！」

「兄さん」と、はなちゃんが会話に入ってくる。

「ハナの性格を知ってて、わざとそんな事を言っているの？」

「違いますよ……私は『市位ハナを守るゲーム』に負けたくないだけです」

ゲームって……。彼の思考回路を理解しているつもりだけど、どうしてもイラッとしてしまう。私たちは田篠のゲームの駒でもなんでもないのに。結局彼には今でも私たちが**『黄金卵の就職活動《ジョブハンティングゲーム》』**に参加した卵にしか見えてないんだろうか。

「それに、はなだって本当は味田さんのことなんてどうでもいいくせに」

「そんなことは」

「いいや、大事なものさえ守れればそれでいい……私たちはそういう人間です。そういう悪い部分は、誰かさんの血をひいてしまったんでしょうね」

田篠の言葉に、はなちゃんは激しく首を振り、その度《たび》にツインテールが揺《ゆ》れた。はなちゃんは「やめてっ」と叫んだ。

「虫唾《むしず》が走るわ、私はそんな人間じゃない！」

「……こんな時まで兄妹喧嘩《きょうだいげんか》か」
私たちのやりとりを聞いていた雄三はほくそ笑《え》んだ。
「君のことはどうでもいいみたいだね」
彼は目線を床《ゆか》におろした。摑《つか》んでいたレイちゃんの長い黒髪《くろかみ》はいつの間にか離《はな》されて、
彼女の頭は再び床に張り付いていたが、目線はまっすぐ私たちに向けられている。呆然《ぼうぜん》と
私たちの会話を見つめていた。
「やっと目があったね」
レイちゃんに微笑《ほほえ》みかけると、彼女の目が再び潤《うる》んだ。
「……市位さん」
泣きすぎたせいだろう。彼女の声はかすれていて、うまく声を出せないみたいだ。彼女
の声は聞こえなかったが、何を言いたいのかはキチンと伝わった。私は「もう大丈夫《だいじょうぶ》だか
ら」と静かに頷《うなず》く。先ほどまで感じていた彼女への怒りは消えていた。
「私はゲームなんかしてない……目の前の友達を助けたいだけ。でもそれは私の力だけじ
ゃ無理なの」
そう言ってから、私は再び田篠とはなちゃんを見やる。

「お願い、力を貸して」

頭を下げようとした私の肩《かた》を、はなちゃんはむんずとつかむ。

「頭をさげる必要ない……私も同じ気持ちだから」

一方の田篠はやれやれと前髪をかきあげる。さらさらと彼の指の間を細い髪の毛がすりぬけていく。

「……今、彼女を助けたところで、この絶望的な状況は変わりませんけどね」

田篠は白手袋《てぶくろ》に覆《おお》われた両手を合わせて、ふぅと息を吐き出した。

「さぁ始めましょうか」

はなちゃんと田篠、二人が協力してくれれば百人力だ。

レベル1でラスボスに立ち向かわなきゃならない勇者（私）の元に、レベル99の魔法使《まほうつか》いと剣士《けんし》が仲間に入った感じである。

「まず確定していること、それは実験対象が市位さん、あなただということです」

認めたくはないが、私は田篠に同意する。

彼らが常に注目して追い回していたのは私、市位ハナだ。問題は彼らが私の何を確かめたくて実験を行っていたかだ。

「第一実験が行われた時のことを思いだしてみて」

はなちゃんに促《うなが》されて、私は記憶《きおく》を辿《たど》っていく。

『**黄金卵の就職活動**《ジョブハンティングゲーム》』に参加させられた聖アルテミス女学院のみんなが集められていて四人組を組んでみろって言われたの」

「あぁ、それは私が前に考えたゲームですよ」

田篠はどこか得意げな表情を浮《う》かべて、胸を張った。

「つまりその場には四で割り切れない人数が集合していたということですね」

「うん、一人余ることになって……それで、私が」

あの時は本当にこのまま仲間外れになってしまっていいって思っていた。

記憶がなかったっていえばそれまでだけど、私はどこにいっても『めんどくさい子』でしかなくてどこにも居場所がなかったんだ。これ以上誰《だれ》かに嫌《いや》な思いはさせたくなかったんだもん。

あの場にもっと早くはなちゃんがたどり着いていたら、自ら闘《たたか》うことを諦《あきら》めた私の頬《ほお》を叩《たた》いていたに違《ちが》いない。

「じゃあ、この実験は市位ハナさんの頭脳や勝負運を試す為《ため》のものではなかった、ということですね」

脳内コンピューターにデータを入力しているのか、田篠は一人でしきりに頷き「ふむ」とか「なるほど」とかを小さく呟《つぶや》き続けている。

「ゲームに負けた後、そのあとはどうなったの？」

「そのあとは、黒服の人たちが一斉《いっせい》に私に銃《じゅう》を向けてきて」

悪夢の光景を思い出して、私は思わず目を瞑《つぶ》る。

「ハナ？」

はなちゃんの心配した声が響《ひび》き、必死に私は言葉を振り絞《しぼ》る。

「……みんなが私を、守ってくれたの」

ぐるりと私を取り囲む女の子たちの壁《かべ》。漂《ただよ》ってくる甘酸《あまず》っぱい女の子の香《かお》り。銃撃《じゅうげき》を受けて悲鳴をあげて倒《たお》れていく彼女たちの声が耳にこびりついている。私は記憶を必死に振《ふ》り払《はら》う。私が思い出さなきゃいけないのは、その先の記憶。実験の目的を導き出す為《ため》のヒントである。

「みんなが私を守り出したら、天井《てんじょう》から声が聞こえて……想像以上の実験結果がでたって」

「たしかに、そう言ったの？」

私は悪夢の記憶に大分HPを削《けず》られてゲンナリと頷いた。

「もしかして市位さんは銃で撃《う》たれる直前、誰かに助けを求めませんでしたか？」

「へ？」

私の記憶が蘇《よみがえ》り、謎《なぞ》の男が言った「命乞《いのちご》イデモスレバドウデス？」というフレーズを思い出した。たしかに私はあの言葉に触発《しょくはつ》されて撃たれるギリギリに周囲に助けてほしいとお願いしてしまったのだ。

『お願い』という言葉を自分で使って今更《いまさら》ながら私はハッとしていた。そうか、あの時みんなが盾《たて》になってくれたのは私が『お願い』していたからなのか。じゃあ私がさっさと銃で撃たれていれば、こんなことにはならなかったってことだよね。更《さら》にHPを削られて、私のメンタルは瀕死《ひんし》寸前だった。

「つまり、彼らが実験したかった事って……」

田篠は人差し指をピンと伸《の》ばして①という数字を作る。

「ずばり、市位さんの『黄金卵』としての能力が健在であるかどうか。そして実験は成功。あなたの命令で『腐《くさ》った卵』が動かせることが証明された」

黙《だま》って私たちの話を聞いていた雄三は「素晴《すば》らしい、お見事だ」と大げさに拍手《はくしゅ》してみせた。

「しかし一つの答えを導き出すのに、少し時間をかけ過ぎだね……これでは朝になってしまうよ」

まだ夜は始まったばかりだというのに、随分《ずいぶん》と大げさな物言いをする男である。

雄三の命令を受けてレイちゃんに銃を向けている黒服の手も微《かす》かに震《ふる》えていた。長時間同じ体勢でいるせいで疲《つか》れてきているのだろう。それはレイちゃんだって同じだ。銃を向けられているせいで身動きができず、その恐怖《きょうふ》は計り知れない。黒服が手の震えのせいでレイちゃんを撃ってしまったなんてことが起きないうちに、あと二つの実験内容を明らかにしなければならない。

「それでは第二実験と第三実験ですが、第二実験は行われた時期が不明ですので、第三実験からまいりましょう」

田篠の提案に異論はなかった。

「ついさっきのことだから記憶を辿る必要はないわね」

はなちゃんは周囲に同意を求めたのか独り言なのか分からないテンションで呟くと、エレベーターに目をやった。

私たちを乗せてきた透明《とうめい》なガラス張りのエレベーターは、行儀《ぎょうぎ》よくそこに停止して、私たちの姿を見守っていた。エレベーターの背後には学生たちが普段《ふだん》使用している階段が設置されている。記憶が戻《もど》った今は、階段も踊《おど》り場も最悪な場面を思い出させる道具でしかない。

「彼らがしたかったことはなんだと思う？」

「……仲間割れ？」

咄嗟《とっき》に思いついたことを口に出すと、

「それはないと思います」

コンマ1秒も空けずに田篠が私の意見を否定してきた。

「仲間割れするかの実験ならば、もっとえげつないゲームを用意すればよいのです。たとえば誰か一人を排除《はいじょ》するような」

「花いちもんめみたいな？」

仕返しに今度は私が言葉を引き継《つ》いだ。私の行動になぜか田篠は嬉《うれ》しそうにしている。

私がムキになるのがそんなに嬉しいのだろうか。全く理解不能である。

「仲間はずれが目的じゃないとすれば、一体なにを確かめたかったのかしら」

はなちゃんは話を戻すように、私たちに尋《たず》ねた。

「市位さんがエレベーターでしたことといえば、私に怒鳴《どな》ったことと、いつも通りの『呆《あき》れるほどのお人よし行動』くらいですが、それは第三実験現場に限ったことではありませんしねぇ」

悪かったな、呆れるほどお人よしで。

口に出すと余計な口論になりそうだったので、心の中で毒づくだけにとどめて私は田篠を受け流した。

「今まで起きなかったことで、第三実験で起きたことっていえば」

私はそこまで言って口を噤《つぐ》んだが、

「そう、味田さんの裏切りです」

さっきの仕返しの仕返しなのか、その言葉を田篠があっさりと引き継いだ。しかも明らかにレイちゃんに聞こえるようなボリュームで。『裏切り』って言葉をやたらと丁寧《ていねい》に。私が彼をギロリと睨《にら》むと、田篠は「違いますよ」と肩《かた》をすくめた。

「別に市位さんを怒《おこ》らせようとした訳ではありません。その裏切りこそが、最初から彼らの狙《ねら》いだとしたら？」

彼の言葉にぞわっと総毛立った。

もしそれが狙いだとするならば色んなことがしっくりくるのである。彼らがなぜ私たちを聖アルテミス女学院に呼び出す際に古寺先生と久保賀を使ったのか。エレベーターでの最終問題で二人を天秤《てんびん》にかけるようなことをしたのか——すべてはレイちゃんを揺《ゆ》さぶり、彼女に自我を取り戻したいと強く思わせる為だったのである。

「味田さんの恋心《こいごころ》を**『黄金卵の就職活動《ジョブハンティングゲーム》』**を監視《かんし》していた父が知っていたとしても何も不思議じゃない」

はなちゃんは「最低だわ」と、雄三への怒《いか》りの炎《ほのお》を更に燃え盛らせていく。

「……さて彼女が自我を取り戻したことで市位さんに生じる問題は一体なんでしょう?」

「……その後、彼女が命令を聞くか、どうか」

私の答えに田篠は「はなまる百点満点です」と、ワザとらしい教師ぶった不快なトーンで頷《うなず》いた。一応味方ではある彼だけれども、つくづく思う。親子そろって人を苛立《いらだ》たせる天才である。

「第三実験で知りたかったことは、自我が戻った『腐った卵』たちにハナの能力が有効かどうか……そして結果はNO。一度自我が戻れば彼女の命令の強制力は失われるってことね」

はなちゃんの答えを、雄三はニコニコ笑いながら聞いていた。第三実験の内容は彼女が言ったことで間違《まちが》いがないということなんだろう。だが答えが正解と知った今も、私はまだしっくりきていなかった。

「ちょっと待って、これっておかしくない？」

「おかしいとは？」と、雄三は首を傾《かし》げた。

「だってレイちゃんがプールに飛び込んだのは偶然《ぐうぜん》で、彼女が私についてくることまではあなたたちも予想はできなかったはず……なのに、どうしてこんな実験を用意できたの？」

「おやおや」

雄三はこみあげてくるものをこらえられないように笑い出した。

「随分頭が固いのですね、黄金卵くんは……それこそちょっと計画変更《へんこう》をすればよいだけの話ではないですか」

再び飛び出した『計画変更』というワードに私の体は拒否《きょひ》反応を起こしていた。

胸のあたりがムカムカとして胃の中のものを吐《は》きそうである。といっても朝からまともにご飯も食べてないから、胃の中は空っぽだったけれど。

「第三実験は、自我を取り戻した私の娘《むすめ》や息子《むすこ》たちを対象に行う予定だった」

彼はネクタイの位置を微調整《びちょうせい》しながら言葉を続けた。

「しかしそこに彼女が現れた」

再び靴《くつ》先で小突《こづ》かれて、レイちゃんの体がビクリと反応する。
「こんな面白《おもしろ》い展開、利用しない手はないだろう。実際あなたたちを私の元に連れてくる為《ため》に、実に活躍《かつやく》してくれた。それに、さっきのホログラムへのダイブは滑稽《こっけい》だったしね。実に愉快《ゆかい》だったよ」
レイちゃんの顔が歪《ゆが》み、そのまま彼女は床《ゆか》につっぷした。自分の行動を恥《は》じて悔《く》いて罵《ののし》って……忸怩《じくじ》たる思いに押しつぶされてレイちゃんは嗚咽《おえつ》を漏《も》らした。

雄三は面白半分に恋心を利用して、レイちゃんを深く傷つけた。

こんな下衆《げす》な人間が国会議員だったことも、はなちゃんの父親であることも――いや、同じ人間であることも信じられなかった。プールから這《は》い上がったあの時、はなちゃんの言う事を聞いて、私のあとをついてきたレイちゃんをその場に残してきたほうが良かったのかもしれない。そうすれば彼女はこんなに傷つくこともなかっただろう。しても仕方がないのに、後悔《こうかい》ばかりがモヤモヤと膨《ふく》らんでいく。

「一刻も早く、地獄《じごく》に落ちてもらいたいわ」

娘に罵倒《ばとう》されても、雄三は笑うのをやめなかった。むしろ笑い声が大きくなったくらいである。

「笑うなっ！」

はなちゃんに加勢するように、私も彼を怒鳴りつけた。そこで雄三はやっと笑いが収まってきたのか、怒りに震《ふる》える私たちの顔を交互《こうご》に見やった。

「私に怒っていないで第二実験が何かを考えたほうがいいんじゃないのかい？　まだ君のお友達を救えたわけじゃないんだから」

雄三はそれ以上多くは語らなかったが、その顔にはきちんと書かれていた。

私のタイミングで推理ゲームを終わらせることも、彼女の頭を撃《う》ち抜《ぬ》くことだってできるんだぞ、と。

彼が今、私たちに求めているのは、自分を罵ることではなく実験内容を私たちに解き明かさせて、自分の計画がいかに完璧《かんぺき》であるかを知らしめたいということなのである。さっさと自分に与《あた》えられた仕事をしろと、雄三は言っているのだ。まったく自分勝手な野郎《やろう》である。

「第二実験は他《ほか》の二つと比べられないほど、難易度は高いですね」

話の軌道《きどう》修正をはかったのは、珍《めずら》しく田篠だった。

ゲームの為なのだろうが、私は彼にそういう気を遣わせたのが、なんだか恥ずかしかった。ゲームゲームと浮《う》かれてばかりの彼だが、様々な感情に流されない分、誰《だれ》よりも冷静なのかもしれない。

「第一実験と第三実験の間に何が起こったか整理していきましょう」

我に返った私は素直《すなお》に頷き、記憶《きおく》を巻き戻《もど》していく。

記憶を取り戻した私が目を覚ますと、はなちゃんが私の元にやってきてくれていた。そして二人の騎士《ナイト》こと田篠の助けを借りてホテルを脱出《だっしゅつ》、プールにダイブ。レイちゃんも加わって、再び謎解《なぞと》き。謎の子たちに追いかけられて、なんとか田篠と合流。私を逃《に》がす逃がさないで揉《も》めたが、結局雄三からのメッセージが届き、聖アルテミス女学院を訪《おとず》れた……

…簡単にいえば、こんなものだろう。

劇的で恐怖《きょうふ》の一日が四行そこらでまとめられてしまうのも、癪《しゃく》だなぁと思いつつ、私は起きた出来事を二人に羅列《られつ》した。

「その中で雄三自身が仕掛《しか》けてきたことは、追っ手を放ったのと、学院へと誘《さそ》い出した、くらいですかね」

言われてみれば、たしかにそうだ。私たちがプールにダイブするかどうかとか、私たちが歩道橋まで逃げるとかは雄三たちは予想できなかったはずである。

「第一実験と第三実験、両方ともハナの『命令』に関することだったわよね」

「じゃあ、第二実験もそうだってこと？」

はなちゃんは「おそらく」と頷いた。

「でも、私誰にも命令なんてしてないよ？」

「よく思い出してみて」

私は必死に記憶を辿《たど》るが、私が喋《しゃべ》ったのは、はなちゃん、田篠、レイちゃん、風、そして謎の声に雄三。それくらいである。何度考えてみても、誰かに命令なんてした覚えは一切《いっさい》ない。

「あ」と、私と同じように記憶を辿っていたはなちゃんが声をあげた。

「あの、バイクの二人は？」

はなちゃんに言われて思い出した。歩道橋に向かうまでの道で、モーターバイクに乗った二人組に追いかけられたんだった。

「で、でもあの二人と喋ってなんかないし」

「……喋ってた」

困惑《こんわく》する私に言ったのは、床に横たわるレイちゃんだった。

「逃げてる時、こっち来ないでって叫《さけ》んでた」

「おやおや、この状況《じょうきょう》で謎解きに自ら参加するとは……そのガッツは褒《ほ》めてさしあげますよ」

雄三は中腰《ちゅうごし》になり、レイちゃんの頭を撫《な》でた。彼女はその手を振《ふ》り払《はら》うように頭をふったが、彼は無理やりにわしわしと頭を触《さわ》り続け、そして手を外すと彼は汚《きたな》いものを触ったように手をスーツのズボンで拭《ぬぐ》った。自分で触っておいて、死ぬほど失礼な奴《やつ》である。レイちゃんに言われたことを頼《たよ》りに記憶を辿ると、うっすらとそんな記憶が蘇《よみがえ》ってきた。だが何しろ必死に逃げていたので、はっきりとしたものではない。

「たしかに、そんなこと言ったかもしれないけど……でも、それじゃ喋ったうちに入らないでしょ」

「いいえ、命令を下すには十分よ」

はなちゃんは確信を得たようで、一人頷《うなず》いた。

「……そして彼女たちはハナの命令に従い、私たちを追跡《ついせき》するのをやめた」

「つまり第二実験は、あの二人に私が命令できるかどうかってこと？」

「そういうことになりますね」

田篠は眼鏡を指で押し上げてから、空を見上げて思案する。

「味田さんもホテルに集められた皆《みな》さんも**『黄金卵の就職活動《ジョブハンティングゲーム》』**の参加者ですよね」

「そうだけど**『黄金卵の就職活動』**に参加していた人はあそこに全員集められてたから、第二実験には関係ないと思うけど」

そこまで言って、私はハッとする。

頭に『ある考え』がよぎったが、そんなまさかと、自分の導き出した答えを否定したくてたまらない。

「ハナ、なにか気づいたなら全部言って」

「……あの銃《じゅう》で撃たれた女の子、他に知ってるから」

「それって」

「さざなみ女子高で会った、黄金卵の人たち」

『**黄金卵の生存闘争**《ロワイヤルゲーム》』に巻き込まれた女子高生たち。ゲームに負けて、頭を撃ち抜かれた彼女たちならば、雄三に巻き込まれてもおかしくない。

「でも……それっておかしくないかしら」

私の意見に、はなちゃんは首を傾《かし》げる。

「あの戦いの頂点にたったのはハナ。ハナの命令にしか彼女たちは従わないはずなのに……どうして雄三のいう事を聞いているの」

「そっか、そうだよね」

はなちゃんに反論されて、私はちょっとほっとしていた。

彼女たちが雄三の思惑《おもわく》に巻き込まれていないならば、それでいい。

「いえ待ってください」

私が話を終えようとしたのを、田篠が阻止《そし》する。

「それは市位さんがどう彼女たちに『お願い』したかによりますよ」

私が、どうお願いしたか？

田篠の話すことが理解できずキョトンとしていると、彼は言葉を続けた。

「私の頭を撃《う》ち抜《ぬ》いたあの後、あなた彼女たちに何か言いませんでしたか？」


胸に手をつっこまれ、心臓をガシンッと鷲摑《わしづか》みされた気分だった。


「ハナ、どうなの？」

はなちゃんが俯《うつむ》く私の顔を覗《のぞ》き込む。

「あの日、風と伊月を逃がした後……どうしても気になって、彼女たちを見に行ったの」

田篠たちの闘《たたか》いに巻き込まれた彼女たちはひとつの教室に集められて人形のように立ち尽《つ》くしていた。敵として闘いあった相手ではあったけれど私は彼女たちが可哀想《かわいそう》で可哀想で仕方がなかったのだ。

「全員を連れて逃げるのは無理だった……それに、私……彼女たちが、私の命令を聞くなんて思ってなかったから、私」

「ハナ、落ち着いて」

はなちゃんに促《うなが》されて、私はゆっくり呼吸を整える。

「私、言ったの……元の生活に戻《もど》れるといいねって」

「それで?」

「それで……私は警察に通報して、その場を逃《に》げたの」

「なるほど」

田篠は一人納得《なっとく》している様子だった。

「つまり、元の生活に戻るという命令に従い、彼女たちは『黄金卵』としての生活に戻った、という訳ですか……少々言葉足らずだったようですね、市位さん」

反論したかったが、何も言葉が出てこなかった。

田篠の言うとおりである。私が変な言葉をかけたせいで、彼女たちは『黄金卵』の頂点を目指すギラギラとした少女たちに戻り、雄三に従い行動していたのである。

「確固たる証拠《しょうこ》はない、推測にしかすぎないけれど……おそらくバイクの二人組は元・黄金卵の少女たちに間違《まち》いなさそうね」

HPが0となった私はぐったりと頷いた。

田篠は妹の言葉を引き継《つ》ぎ、喋り出す。

「そして、第二実験の結果……市位さんの命令にきちんと従うことが証明されたと」

彼は指を二本立てて、雄三に向ける。

「第二実験内容は、それで間違いないですね」

雄三は微笑《ほほえ》んだまま黙《だま》っている。

「つまり、あなたが三つの実験で確認《かくにん》したかったのは、市位ハナがどれだけの人物に命令を下すことができるのか……彼女に命令したいことこそがあなたが言う『革命』ということですね」

雄三が目配せすると、黒服は銃を下ろして、そっと彼女から離《はな》れていった。

その瞬間《しゅんかん》、レイちゃんは立ち上がり私の元に駆《か》け寄ってきた。私は彼女を受け止めて抱《だ》きしめる。彼女は私の胸に顔を埋《うず》めて「ごめんなさい」を繰《く》り返した。

レイちゃんの体をさすっている私を、雄三はつまらなそうな顔をして眺《なが》めてから、口を開いた。

「ということで……黄金卵くん、君の出番なのだよ」

彼は私に向かい、また見るからに作り笑いな笑《え》みを浮《う》かべる。

「私は若者ばかりを正そうとしていたが、まずさきにやるべきことがあったことに気づいたのさ」

「やるべきこと？」

「あぁ、この世を牛耳《ぎゅうじ》ることばかりで頭をいっぱいにしている、改革を恐《おそ》れる駄目《だめ》な老害たちを一掃《いっそう》するのさ」

雄三はクククッと、意地の悪い笑みを浮かべた。

「ほら君たちが以前コソコソやっていたのと同じだよ……悪い大人を排除《はいじょ》するのさ」

彼が言っているのは、私とはなちゃんが行っていた活動のことだろう。

はなちゃんが自我を失ったあの日から**『黄金卵の就職活動《ジョブハンティングゲーム》』**にかかわる大人たちに制裁を加えることで、彼らのプロジェクトが中止になるのではないか、はなちゃんを元に戻せるのではないかと、私たちは必死だったのである。それと彼の企《たくら》みを同じにされて、私は不快で仕方なかった。

「腐《くさ》った卵たちは黄金卵くんの命令に忠実に従う……君が一言命令すれば、革命は始まるのだよ」

そんな事なんて聞くはずないじゃない。そう叫《さけ》ぼうとした時、私の盾《たて》になるように立つはなちゃんが、小さな声で言った。

「逃げましょう、ハナ」

「へ？」

この状況《じょうきょう》で何を言っているの？　銃を持った奴《やつ》らに囲まれているっていうのに。

「私と兄があいつらから銃を奪《うば》う。その間に階段を使って逃げるの……すぐに追いかけるわ」

「嘘《うそ》、私だけを逃がすつもりなんでしょ」

「どちらにせよ武器は必要だわ、それならば運動神経が良い私と兄が適任でしょう？　私があんな奴らに負けると思う？」

「何をコソコソ話してるんだい？」

雄三は片耳に手を当てるジェスチャーをしながら、聞き耳を立てるふりをした。

「このままあいつの言いなりになっていいの!?」

「階段に乗らないならば、エレベーターに押し込みますよ」

田篠までが、はなちゃんに加担しはじめる。結局車の中と一緒《いっしょ》だ。この二人は自分たちの命などはどうでもよく、私を逃がすことしか頭にないのである。

「ここを逃げたって、どっちにしても逃げ場はないよ！」

私は二人を振《ふ》り払《はら》うように叫んだ。どうせ学院を出る前に捕《つか》まるのが関の山だ。それに全員で逃げなきゃ何も意味がない。

「そうですよ、逃げ場はないのです……というか、黄金卵くんは必ず私に従うことになるでしょうね」

雄三はにんまりと笑い、はなちゃんを指さした。

「なにせ、一蓮托生《いちれんたくしょう》の稲沢はなの命は、私が握《にぎ》っているのですから」

はなちゃんの、いのち？

キョトンとする私に「やっぱり」と、雄三は口髭《くちひげ》を指でなぞりながら肩《かた》を揺《ゆ》らして笑った。

「やはり話していないのですね、あの時あなたがとった選択《せんたく》を……」

私は車の中できいた、はなちゃんと雄三が取り交《か》わしたという『条件』のことを思い出していた。

「はなちゃんがとった選択って、なに？」

彼女は静かに口を噤《つぐ》んでいる。

「教えて、はなちゃん！」

バチンッ！

乾《かわ》いた音が室内に響《ひび》く。肩に触《ふ》れようとした私の手を、彼女は勢いよく振り払ったのだ。え、訳が分からない。どうしてこんな行動をとられないといけないのか。ジンジンと痛む手をさすりながら困惑《こんわく》して言葉がでてこない私に、はなちゃんは深く息を吐《は》き出してから言った。

「ちゃんと話すから……お願いだから私に近づかないで」

nou shou
sakuretsu
girl

五章：一蓮托生なんかじゃない

ハナのことを知ったのは入学式の時だった。

兄を救う、ただそれだけの為《ため》に入学した学校・聖アルテミス女学院。

『黄金卵の就職活動《ジョブハンティングゲーム》』を行って、どうせまた何も兄を救う手がかりはなく失意のままに去ることになる学校。想像を絶する不幸が生徒に起こっても、それを誰《だれ》も知らないまま何事もないように皆《みな》が生活を続けていく学校。

歴史があろうが人気があろうが、私には興味のないことで聖アルテミス女学院なんてなんの思い入れもなかった。

さっさと兄が優秀《ゆうしゅう》な『黄金卵候補』を選出して、さっさと面接を行い、さっさと終わらせたい。ただそれだけだった。

あの時の私は、兄を救うことは、もう諦《あきら》めかけていた。

いや諦めていたのはそれだけじゃない。

自分の人生そのものになんの未練もなく、投げやりになっていた。
『黄金卵の就職活動』に参加し続けて心は完全にすり減っていたの。
恐《おそ》ろしい企《たくら》みに同級生たちが巻き込まれることを知りながら目をそらし、彼女たちを踏《ふ》み台に勝ち上がっていく。

自分がしてきた罪の重さ、罪悪感に潰《つぶ》されかけて、もう私なんて消えてなくなりたい。いっそ頭を撃《う》ち抜《ぬ》かれて楽になりたい。だって自我がなければ、もうこんな風に思い悩《なや》んだり後悔《こうかい》で眠《ねむ》れない夜を過ごすこともないのだから。

そんな事しか頭にない私の前に、市位ハナは現れた。

「えぇ!?　私変な顔してんじゃん！」

聖アルテミス女学院の正門で、ハナはお母さんに文句を言っていた。

「もっかい撮《と》りなおしてよ～っ!!」

『聖アルテミス女学院入学式』と書かれた立て看板の前で、彼女はふてくされている。お母さんが撮った写真の写りが気に入らないらしい。

「いくら撮っても素材が悪けりゃ同じよ」

彼女のお母さんはそう言ってデジカメをしまってしまった。

「ひっど、それが娘《むすめ》に言うセリフ!?」

文句を言いながらも彼女はブレザーの裾《すそ》を触《さわ》ってにんまりと笑っていたっけ。この女学院に入学できて嬉《うれ》しくて仕方がないという浮《う》かれ具合だった。

おろしたてのしわひとつない制服。薔薇色《ばらいろ》のネクタイ。切りたてと思われる髪《かみ》の毛。それをどこか誇《ほこ》らしそうに見つめる彼女の両親。何よりも照れくさそうにはにかむ彼女の笑《え》顔《がお》。全《すべ》てが私の記憶《きおく》に焼き付いている。

え、どうしてそんなに彼女のことを事細かに覚えているかって?

だって何から何まで彼女の周りは希望と期待に満ちていて本当に微笑《ほほえ》ましかったんだも

の。


当然だけれど、私の入学式に来てくれる人は誰もいない。

父親は勿論《もちろん》来るはずがないし（来られても困ってしまう）、母親は私に基本無関心だ。

母親は昔から祖父の言いなりだった。父との結婚《けっこん》も祖父に従うまま決めたと聞いている。

祖父は稲沢グループのトップで一族のボス、らしい。

らしいというのは、殆《ほとん》ど祖父とは会ったことがないから。


ほとんど姿を見せない祖父と父。

共に暮らしてはいるけれど私に無関心の母。


そういう意味では本当の家族は兄さんだけだった。

兄さんはいつも優《やさ》しくて、自分が考えたゲームで毎日、私と遊んでくれていた。寝《ね》る前に私に本を読んでくれた。

「はなに似合うから」

そう言って毎朝私の髪の毛を二つに結《ゆ》ってくれた。兄が好きだと言ったから、二つ結びの髪型《かみがた》を、私は今でも続けている。

その後、ハナと同じクラスになったと分かり、名前も同じと知った時は心の底から思ったものだった。

同じ名前なのに、ここまで持っているものが違《ちが》うの？

ハナは私のことを『なにからなにまで完璧《かんぺき》』だとか『学院の鑑《かがみ》』とか、ことあるごとに褒《ほ》めてくれるけれど、私からすれば、彼女は私が持っていないものを沢山《たくさん》持っているようにみえていたんだよ。

その後、ハナがお弁当を落としたりして少しはかかわりを持つことはあったけれど、やはり運命の瞬間《しゅんかん》は、檻《おり》の中、彼女が携帯《けいたい》を差し出してくれた時だった。

あのまま兄に殺されようとした私を、彼女は助けてくれた。自分の危険を顧《かえり》みず。

だから私はあの時、あの瞬間、彼女を助けたいって思った。

兄を助けたい気持ちと、彼女の気持ちを天秤《てんびん》にかけ続けながら『**黄金卵の就職活動**《ジョブハンティングゲーム》』を勝ち進んだ。

私の裏切りを知った後も、ハナは私を許してくれた。
私を親友と呼んでくれて、私と一緒《いっしょ》に戦ってくれた。私にとってハナは誰よりも何よりも大切な唯一《ゆいいつ》無二の存在。

だから父に「君に選択肢《せんたくし》を与《あた》えよう」と言われた時、即答《そくとう》で彼女を救う道を選んだ。
彼女によって助けられた命。ハナが救えるならばどんな苦しみだって耐《た》えられる。この命潰《つい》えようとも笑顔で死んでいける自信があった。

「では、市位ハナを助けよう」

父と共に彼女を病院へと運び、すぐさま手術が行われることとなった。
体を消毒し、周りの医者と同じように手術着を身にまとう。私の怪我《けが》の処置をしたいという医者の申し出を振《ふ》り払《はら》い、私は手術室へと入っていった。

弾《たま》がかすった左腕《ひだりうで》は、なんとか血は止まっていたが傷がドクドクと脈打ち、いつ血が噴《ふ》き出してもおかしくはなかった。制服が擦《こす》れる度《たび》に気が遠くなるような激痛が走り、驚《おどろ》くほど熱く、疼《うず》いた。早く処置をした方が良いことは分かっていたけれど、自分の怪我なんてどうでもよかった。

彼女の手術に同席して彼女の身におかしなことが起きないかを監視《かんし》する。それが私に残された大役だった。

手術室に響《ひび》くハナのバイタルに異変がないか。医者たちの言動に怪《あや》しいものがないか耳を澄《す》ませた。

手術の光景をみても不思議とグロテスクとか気持ち悪いとかは思わなかった。

今まで散々グロテスクな状況《じょうきょう》を目の当《ま》たりにして感覚が麻痺《まひ》しているだけかもしれないけれど。

彼女が助かるように必死に祈《いの》り続けているうちに無事手術は終わり、彼女は病室へと運ばれていった。

医者いわく、もう少し処置が遅《おそ》ければ命に危険が及《およ》んでいたらしい。その言葉に「私の選択《せんたく》は間違《まちが》ってなかった」と、安堵《あんど》できた。

キャスターのついたベッドに乗せられていくハナの後を追い、手術室の外に出た私をとめたのは父だった。

ハナの手術中に着替《きが》えたのだろう。先ほどとは違うダークグレーのスーツを着込んでいる。包帯を巻いているせいか、片方の足だけすこしズボンが膨《ふく》らんでいたが一見したところでは怪我をしている様子は分からない。松葉杖《まつばづえ》も人の支えもなく、彼はゆっくりと私に近づいてきた。

「約束を果たしてもらおうか」

私は頷《うなず》き、彼との約束を果たすべく歩き出した。

場所はハナの病室を指定した。私が目を離《はな》した隙《すき》に何をされるか分からなかったから。

「随分警戒《ずいぶんけいかい》するんだね、言っておくが私のおかげで彼女は助かったんだよ」

雄三は兄によく似た笑《え》みを零《こぼ》しながら私と共にハナの病室へと入り、ゆっくりと扉《とびら》を閉めた。室内にはハナのバイタルを表示する機材が並び、彼女の体には何本ものコードや点《てん》滴《てき》の管が伸《の》びている。

「さて始めようか」

雄三がスーツのポケットから取り出したのは、小さな注射器のような器具だった。

「大丈夫《だいじょうぶ》、すぐに終わるよ」

彼は、私の項《うなじ》にアルコールを浸《ひた》したガーゼを押し当てた。

蒸発するアルコールが項から体温を奪《うば》っていく。ひんやりと冷たくなった項に彼は取り出した器具の先端《せんたん》を押し当てる。

「それも、兄が？」

「あぁ君の兄は、やはり天才だね」

父はどこか誇《ほこ》らしげだった。


「この小型爆弾《ばくだん》は試験段階のものだが、性能自体は完璧だ。マイクロチップほどの大きさだが威力《いりょく》は凄《すさ》まじく、君の頭を吹《ふ》き飛ばし、周囲の人間2、3名を殺傷できるくらいのパワーがある。コストさえ抑《おさ》えられれば、いずれは実用化できるだろう」

説明を終えたと同時に、彼は器具の先端を私の項に突《つ》き刺《さ》し、爆弾を埋《う》め込んだ。チクリと痛みが走ったが、それは一瞬《いっしゅん》で終わった。こんな簡単に、私の体は爆弾と化したのである。


「起爆《きばく》装置は遠隔《えんかく》操作が可能だ。私がボタンを押せば……どうなるかは分かるね」

彼は爆弾を植え込んだ項にガーゼを貼《は》り、注射後の止血を終える。そして背後から私の顔を覗《のぞ》き込んだ。

「私の命は、あなた次第《しだい》ってことでしょう」

「随分《ずいぶん》冷静だね」

こんな風に近くで父親の顔をみたのは初めてだった。思ったよりも目尻《めじり》に皺《しわ》があり、やっぱり兄さんに顔が似ていた。

見つめる以外にも初めてなことは沢山《たくさん》あった。こんな長い時間二人きりでいたことも、こんな風におしゃべりをしたことも、生まれてきてからなかったのである。

「顔も声も、君は母親そっくりだ。だが瞳《ひとみ》の色は私に似ているね……それに目的の為《ため》には手段を選ばない所も」

私の肩《かた》になれなれしく置かれた彼の右手を私はむんずとつかんだ。

生まれて初めて握《にぎ》った父親の手はひんやりとして冷たく、骨ばっていた。父は私の手を払いのけることはなく、じっと私の顔を見つめている。

「……本当にハナは見逃《みのが》してくれるんでしょうね？」

「あぁ、記憶《きおく》も失っているしね。彼女はこれでどこにでもいる普通《ふつう》の女子高生だよ」

どこにでもいる普通の女子高生。
この響きに、私の体から緊張《きんちょう》が抜《ぬ》けていき、自然とため息が漏《も》れた。

「……良かった」

「安心してくれたようで何よりだ」

ほっと安堵しつつも、彼の言葉を本当に信じたわけでは勿論《もちろん》なかった。
彼にとって無害となったハナを、彼がわざわざ手にかけるとは思えなかった。だからとりあえず安心と思っていいだろうと判断したのだ。

それに私たちを始末するつもりなら、もうとっくにやっているだろう。殺すチャンスは今まで何度もあったのだ。いろいろと頭の中で物事を整理して、彼の言葉を暫定《ざんてい》的に受け入れることにしたのだ。

「これをきっかけに君もおとなしくしていてくれると嬉《うれ》しいんだがね」

「ええ、勿論よ……ハナが無事ならば私はなにもするつもりはないわ」

生まれて初めて握った父の手を離して、私はスカートで手を拭《ぬぐ》った。

「やけに素直《すなお》だね」

私の行動を気にする様子もなく、彼は私に問いかけた。

「当たり前じゃない……今の私には彼女が全《すべ》てだもの」

雄三はくだらないというように鼻を鳴らした。

「君たちがよく口にする一蓮托生《いちれんたくしょう》ってやつか？」

それだけ言い残すと、彼は病室を出て行った。

「……違《ちが》うよ」

ハナと病室に残された私は、眠《ねむ》っているハナを眺《なが》めながら、一人呟《つぶや》いた。

「一蓮托生なんかじゃない……」

スヤスヤとあどけない顔で眠っているハナの顔を眺めていると、今まで抑えていた涙《なみだ》が再び溢《あふ》れ出した。いつからこんな泣き虫になってしまったのだろう。私は涙を拭い、ハナににっこりと微笑《ほほえ》んだ。

「ハナは私の宝物……私なんかと運命を共にさせやしない」

ハナには私のような、愛や優《やさ》しさとは無縁《むえん》の人生は絶対送ってほしくない。これ以上、彼女を巻き込めない。このまま何もかも忘れて幸せになってほしい。

もし今後、父が彼女に何かしようとするならば、私は全身全霊《ぜんれい》をかけてそれを阻止《そし》する。父は爆弾を植え込めば私を制御《せいぎょ》できると思っているかもしれないけど、それは大間違いだ。

爆弾なんてちっともこわくない。

私は頭の中の爆弾《ばくだん》が爆発するその瞬間《しゅんかん》まで彼女を守り抜く。そしてまた彼女にあの入学式でみせたような心からの笑顔《えがお》を絶対に取り戻《もど》させてみせる。

私はハナの手をとり、それを自らの頬《ほお》に当てた。彼女の手は、雄三とは違い温かく、とても柔《やわ》らかい。

「……あなたの優しさに甘えてしまった私を許して」

雨に打たれ、死にかけたハナを抱《だ》きながら思ったことを私は口にだしてみる。

「あらゆる苦痛全て、私に担《にな》わせてください。ハナは何も悪くない。私はそうされても仕方ない自業《じごう》自得の人生を歩んできたのだから」

今のは、彼女に向けた言葉ではなく、どこかにいるかもしれない神様に向けたものである。

「ハナさえ笑っていてくれれば、私はなにもいりません。だからお願い……お願いよ」

……あんなに願ったはずなのに。

神様は私に味方してはくれなかった。

結局私はハナを守れず、こうして雄三の前にきてしまったのだから。

★☆★☆

私からすべてを聞かされたハナは力尽《ちからつ》きたように、その場に膝《ひざ》をついた。両手で顔を覆《おお》って、声を殺して泣いている。

「……こんなのって、ないよ」

ハナを抱《だ》きしめたいけれど、いつ父が爆弾のスイッチを押すか分からない。それに彼女は今、私に近づいてほしくないだろう。味田さんがそっとハナに手を伸《の》ばしたが、彼女はそれを振《ふ》り払い、泣き続けた。

「こんなの、ひどすぎるよ」

神様は一度過《あやま》ちを犯《おか》した私をもう許してはくれないの？　都合のいい時だけ神に頼《たよ》るなとお怒《いか》りでいらっしゃるの？　だから、私の大事なハナに、こんな悲しい顔をさせるの？

それとも、これも全部自業自得だって言いたいの？

私にはもう、どうすればいいのか分からなかった。

……私は父、稲沢雄三に敗れたのだ。

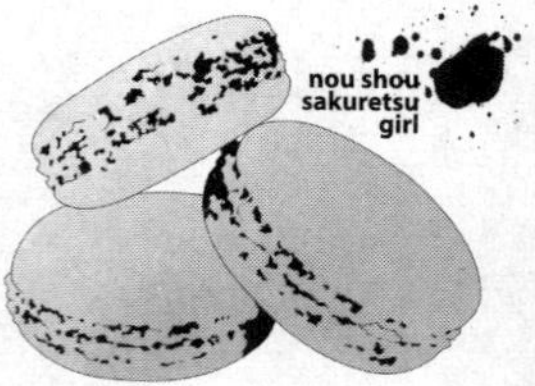
nou shou
sakuretsu
girl

最終章：私は脳漿炸裂ガール

もう二度と、ここから立ち上がれないかもしれない。

床《ゆか》に膝をつきながら私は思った。タイヤがパンクしていくように、体の中に張りつめていた何かが抜《ぬ》けていくのを感じていた。

「……こんなのって、ないよ」

手を差し伸べてきたレイちゃんを振り払《はら》い、私は拳《こぶし》を握《にぎ》りしめた。

爪《つめ》が食い込み突《つ》き刺《さ》さったが、その痛みさえどうでもよくなるくらい、私は心の底から絶望して、完膚《かんぷ》なきまでに打ちのめされていた。

頭が真っ白どころの話ではない。

私を支えていた柱という柱が切り落とされて、その残骸《ざんがい》さえもブラックホールに吸い込まれて、頭の中が真空状態だった。

「こんなの、ひどすぎるよ」

はなちゃんから聞かされた真実を、私は到底《とうてい》受け入れられなくて、彼女の言葉は全《すべ》て私の体を突き破り、内臓に食い込んでいった。

だって、はなちゃんは私を助ける為《ため》に、雄三に命を売ったんだよ。あんなに憎《にく》んでいた父親に、私の為に屈《くっ》したんだよ。それもこれも全部全部私のせい。私があの日五反田駅で、はなちゃんが引き金を引くのを待たずに、率先《そっせん》して動いていれば、あのバイクにひかれたりせず倒《たお》れなければ……いやあそこで死んでいれば、こんなことにならなかったのに。

「……馬鹿《ばか》な妹」

じっと話を聞いていた田篠が、大きくため息をつく。

はなちゃんを心配する様子は一切《いっさい》なく、心の底から呆《あき》れかえり、彼女を小馬鹿にしているようであった。

「なんで爆弾のことを私に話さなかった……話せば爆破《ばくは》プログラムを解除してやったのに」

「……解除なんてしてほしくなかったから」

妹の答えに、田篠は「ほう」と意外そうに声をあげる。

「解除してほしくなかった、とは？」

「だって、もしそのことがバレて、ハナの身に何かが起こったら意味がないじゃない」

はなちゃんは気丈《きじょう》な態度を崩《くず》さない。

頭の中に爆弾《ばくだん》が入っているっていうのに。いつ爆発してもおかしくないっていうのに。

死と生のギリギリ境界線を歩きすぎて感覚が麻痺《まひ》しちゃっているんだろうか。なんで平然と話していられるのか、私にはさっぱり分からない。はなちゃんも、田篠も、雄三も、私とは別次元の世界を生きているようにみえる。

「……時間がないって言ったのは、爆弾のせいなの？」

私は、はなちゃんの言動を思い出していた。はなちゃんはやたらと時間を気にして、私を国外へと逃《に》がしたがっていた。そしてエレベーターに乗るのをギリギリまで拒《こば》んでいた。

全ては自分の体内の爆弾が爆破することを恐《おそ》れてのことだったのである。

「私を逃がしたら……自分が爆発して死んでも良いって思ってたの？」

「ハナ……お願いだから、早く逃げて」

はなちゃんは私の問いには一切答えずに言った。

「私はもうあなたと逃げられない、だからお願い」

「そんなこと、できるわけないでしょ⁉」

親友の頭に爆弾が埋《う》まっています。

いつ爆発するかは、雄三次第《しだい》なので分かりません。はいそうですか、じゃあ私は先に逃げさせていただきますね、バイバ〜イ……なんてできるはずがないじゃないか。

「……どうせ死ぬなら、あなたを守って死にたいの」

自分勝手な事ばっかり言うはなちゃんに心底腹が立った。

「そんなことされて、私が喜ぶと思ってんの？」

「喜ばなくていいから、逃げて！」

「はなちゃん、どうして言ってくれなかったの⁉」

「あなただって同じ立場なら、私と同じことしたはずよ」

はなちゃんは私の質問には一切答えずに同じようなことばかりを繰《く》り返し続ける。あなたも同じことをしたはず。今日一日でそのフレーズは聞きあきちゃったよ。

「お願いよ、味田さんを連れて逃げて」

「……それはできない相談ですね」

私たちの会話に入ってきた雄三が口ひげを撫《な》でて、申し訳なさそうに肩《かた》をすくめてみせた。

「黄金卵くんには自分の仕事を果たしてもらわねば……」

彼の言葉に合わせて、ぼんやりとフロア全体が明るくなる。

照明がついたわけではない。周囲は青白い光に包まれている。雄三が設置したのだろう。複数のプロジェクターが教室の壁《かべ》や廊下《ろうか》、天井《てんじょう》、いたるところに映像を映し出しているのだ。

「……なに、これ」

異様な光景だった。

そこに映し出されたのは、数えきれないくらい大勢の若者たちの顔、顔、顔、顔……だった。

服装や年齢《ねんれい》にはバラつきはあるが、共通しているのは、全員が大型バスの座席に座り、ぐったりとうなだれているということだ。映像の端《はし》には今日の日付と時間が記されている。複数のカメラが、どこかにいる若者たちの様子をリアルタイムで中継《ちゅうけい》しているようである。みるからに異常事態に陥《おちい》っている若者たちの映像に、四方を囲まれて、私はどこに目を向けていいか分からなかった。誰《だれ》一人としてピクリとも動かず、最悪な事態が頭をよぎった。

「安心したまえ、今は薬で眠《ねむ》っているだけだ」

雄三は手に持ったスマホを操作して映像を次々と切り替《か》えていく。いつの間につけられたのか、彼は再び眼鏡をかけていた。スマホを操作するには眼鏡が必要不可欠なようである。

映像から推理するに、バスは何台も用意されているらしく、補助席もフルに使われている。びっしり埋まった席はどこか狭《せま》くるしく、見ているだけで息苦しくなる。

「パックに入っているように綺麗《きれい》に並んでいるだろう？　腐《くさ》った卵たちが」

彼らを眺《なが》めながら雄三は全く笑えない冗談《じょうだん》を言った。誰も冗談に反応せず、無言の時間

が続いていた時、

「……えっ」

短い悲鳴をあげたのはレイちゃんだった。

「レイちゃん？」

レイちゃんはゆっくりとある画面を指さした。

微《かす》かに震《ふる》えている細い指先を追って、目を向けると、ひとつのプロジェクターが信じられない光景を映し出していた。

そこに映っていたのは、古寺正義と、久保賀大治だった。

私たちがずっと再会したかった相手が、少女たちと共に座っている。驚《おどろ》くべきはそれだけではない。よく目を凝らすと、他《ほか》のバスにはビッチ・リッチこと瀬繹マイカと城野《じょうの》モクハ。そのほかにも紙祖《しそ》さんや委員長など、同級生たちの姿があるではないか。みな散り散りとなり、様々なバスに乗せられていた。見知らぬ若者たちに交じって、みんなスヤスヤと寝《ね》息《いき》を立てている。

え、なんでみんながバスの中でスヤスヤ眠っちゃってるの？

だって、彼女たちには『ホテルの一室で助けが来るまで待つように』ってお願いしていたはず。もうとっくに助けがきていてもおかしくない時間なのに。それなのに、なんで彼女たちが家に帰らず、私の目の前にある画面に映っているのか、私は理解できなかった。

「もしかして、彼女たちを救えたつもりでいたのかい？」

どこからか放射された映像に照らされながら、雄三は首を傾《かし》げる。

彼が私に向ける視線は、例えるならば、あれだ。

遊園地のステージで盛大にキャラクターとダンスを踊《おど》って公開プロポーズをしたのに「え、やだ恥《は》ずかしいんだけど、やめてマジ勘弁《かんべん》」って相手に拒絶《きょぜつ》されて逃げられてしまい、みじめにも玉砕《ぎょくさい》してしまった相手を、偶然目撃《ぐうぜんもくげき》してしまった時のような憐《あわれ》みに満ちていた。彼の中で私の評価がお利口なお猿《さる》さんからミドリムシやミジンコにランクダウンされたのが、確かに分かった。

「君たちは随分《ずいぶん》楽観的思考をお持ちのようだね……私が腐った卵たちをホテルから逃がすと思ったのかい？」

「彼女たちに、何をしたの？」

「彼女たちとは、ここに映る十三台のバスに乗った、５７４名の腐った卵たちのことですか？」

５７４名の、腐った卵？

え、じゃあここに映っている子たちって……もしかして全員**『黄金卵の就職活動《ジョブハンティングゲーム》』**に巻き込まれた人たちってこと？

よく見ると**『黄金卵の生存闘争《ロワイヤルゲーム》』**を闘《たたか》ったお団子髪《がみ》の子や、ベリーショートの子、ガムをくちゃくちゃ噛《か》んでいたあの子の姿もちらほらと確認《かくにん》することができた。

さきほどエレベーターで受けた出題が、蘇《よみがえ》る。

想像していたけれど、実際にその数を目でみると圧巻だった。これだけの人間が、あの地獄《じごく》のような時間を経験していたなんて……本当に恐《おそ》ろしい。頭の中で『５７４名の腐った卵』と、言い放った雄三の言葉がリフレインし続けて、ズキンと胸が痛む。謎《なぞ》に包まれていた雄三の恐ろしい思惑《おもわく》が、玉ねぎの皮を剥《む》くように一枚一枚はがれていき、真実に近づいていく。

「……もう君にしてもらいたいことが何か分かったね、黄金卵くん」

雄三はぐるりと周囲に手をまわして、画面に映る子たちの表情を眺める。

「君は、彼らのリーダーとなり、革命を起こすんだよ」

「……ハナが、リーダー？」

私の前に立ちふさがっているはなちゃんが声をあげた。

「まだ理解できないのかい……頭の回転が落ちたんじゃないのかい」

「ええ、あなたの思考回路なんて全く理解できないわ」

はなちゃんは自らの命を握《にぎ》る雄三に平然と噛みついていく。彼女が言葉を発する度《たび》に、こっちは心臓が張り裂《さ》けそうだ。お願いだから、あんまり雄三に楯突《たてつ》かないで。こっちの身が持たないよ。はなちゃんの頭が吹き飛ぶ所なんて見たくないよ。

雄三は爆弾《ばくだん》のスイッチを押すことはせずに、にんまり微笑《ほほえ》んだ。

「最強の兵士とは、どんな兵士か分かるかい？」

雄三は再びスマホをいじり、周囲に映る映像が次々と変化する。

「強靭《きょうじん》な肉体を持つもの？　違《ちが》う。武術に長《た》けたもの？　戦略を生みだす頭脳を持ったもの？　いいや違う」

雄三の指が止まり、変化し続けていた映像が止まる。

それは複数のバスに取り囲まれたホテルだった。テレビや雑誌でよく取り上げられる都内にある高級ホテルである。

「……恐怖《きょうふ》を知らないものこそ、最強の兵士になり得るのだよ」

雄三は、そっと私を指さした。

「分かるかい、黄金卵くん」

話しかけられて、私はブンブンと首を横に振《ふ》る。

なにが「分かるかい、黄金卵くん」だよ……ふざけんな。あんたの『最強の兵士論』なんて絶対分かってなんてやるもんか。私がかたくなに首を振っているのに、雄三は勝手に話を続けだす。

「今日、このホテルで誰《だれ》が会食していると思う？……この国の頂、もとい老害の頂に立つ男だよ」

この国の頂って……つまり、この国の内閣総理大臣とか、そういうこと？

革命に続き、私はまたポカンとしてしまう。だって内閣総理大臣なんて、退屈《たいくつ》なニュースに映ったり、政治経済の授業で出てくるだけのワードでしょ。アイドルや歌手、お笑い芸人とかならともかく、普通《ふつう》の女子高生が普通に生きていたら、総理大臣になんて興味持ったりする？「ねぇ昨日の国会中継《ちゅうけい》みたぁ？」なんてフレーズ、お昼休みにきいたことないよ？

私だけじゃない。偏差値《へんさち》高めのお嬢様《じょうさま》学校である『聖アルテミス女学院』の人たちだって、みんなそうだと思う。

本来なら絶対喋《しゃべ》ることも会うこともすれ違うこともない……私の人生には一切《いっさい》関係ない存在だったんだもん。

「老害の頂だけではないよ。老害の取り巻きたちもホテルの一室に集《つど》っている……一人何万もする豪勢《ごうせい》な食事に舌鼓《したつづみ》を打ってね」

うっすらと脳裏《のうり》に浮《う》かぶ答えを否定したくて私は彼に尋《たず》ねる。

「……それがなんだっていうの」

雄三は「分かっているくせに」とでも言いたいように、私を一瞥《いちべつ》してから画面をホテルから再び眠《ねむ》っている子たちに戻《もど》した。スマホをいじり、彼はビッチやリッチの顔をアップで映し出す。

「……彼らは、君の命令ならどんなことでも従順に従う」

「だから、それが何⁉」

苛立《いらだ》つ私を面白《おもしろ》そうに眺《なが》めながら雄三はあえて回りくどい言い方を続ける。

「新たな時代を切り開く為《ため》には、古いものは排除《はいじょ》しなくてはならない」

私を取り巻く映像たちは、十三台のバス車内を鮮明《せんめい》に映し出した。目の前のスクリーンには聖アルテミス女学院の子たちの姿があった。

彼女たちの膝《ひざ》には——見慣れた、あのレーザー銃《じゅう》が置かれている。

やっぱり……私は胸の中で呟《つぶや》き、ぐったりとうなだれた。恐ろしくて口に出すのも憚《はばか》られる計画である。怯《おび》えきって口を噤《つぐ》み黙《だま》っている私に代わって、はなちゃんがすぅと息を吸い込む。そして、私がずっとずっと出したくなかった答えを、彼女は導き出した。

「あなたの言う老害の頂を、彼女たちに排除させようというのね」

やっと本題を理解してくれたか……。

そうとでも言いたいように雄三は満足そうに口ひげを撫《な》でて「あぁ」と、頷《うなず》いた。

彼は私たちを使ってホテルにいるお偉《えら》いさんの自我を奪《うば》って排除しようとしているのである。

「無抵抗《むていこう》の人間に、よってたかって攻撃《こうげき》することが『革命』なの？」

はなちゃんは『心底くだらない』というように鼻をならした。

「あなたが散々憂《うれ》いていた、ただ流されている若者にさせたいことは、こんなことだったなんて……日本の未来を案じて作られた『高度育成プロジェクト』が聞いてあきれるわ」

「全《すべ》ての物事が直線でつながっていると思ったら大間違《おおまちが》いだ」

はなちゃんの言葉を遮《さえぎ》りながら、雄三は声を張り上げた。

声は室内に響《ひび》きわたり、私の下腹をふるわせる。

「了見《りょうけん》の狭《せま》い老害どもが『高度育成プロジェクト』が必要だと理解できないならば、別角度からそう思わせればいいのさ」

「別角度？」

「あぁ、そうだ」


雄三は両手を高く振り上げる。

その瞬間《しゅんかん》、手下の黒服たちが私たちにレーザー銃を向けた。

今度こそ撃《う》たれる！

心臓が口から飛び出てしまうんじゃないかと思うくらい、激しく鼓動《こどう》して私はその場に蹲《うずくま》る。ドタンッと大きな音を立ててレイちゃんが私の真横にしりもちをついた。銃口《じゅうこう》を向けられて完全に怯えきった彼女は「おねがい、やめて」と何度も口走った。

「そう、それ」

雄三は満足そうに、あげていた手を下ろして銃を下ろさせながら、にんまりとレイちゃんを見下ろした。

「恐怖だよ。今まで自分たちの言いなりだと思っていた若者たちが暴走し、自分たちを襲《おそ》ってきたとしたら……彼らは思うはずだ。どうにかして『暴走する若者たち』を押さえつけたいってね」

レーザー銃に一切反応しないまま、はなちゃんは雄三を睨《にら》み続けている。

「その時、『高度育成プロジェクト』は本格始動する。それを率先《そっせん》するのは一度議員を辞《や》めたが日本の為に立ち上がる稲沢雄三というわけね」

「まぁ、大体そんなところだ」

娘《むすめ》の発言に同意した雄三は「さてと」と、空気をかえるようにパンッと手をたたいた。

「ご覧のとおり、バスは十三台に分けられている。別に適当に振り分けたわけではないよ？　我が息子《むすこ》が作った下らぬゲーム『地獄《じごく》型人間動物園』に則《のっと》り、十三のグループに彼らを分けさせてもらったんだ」

その瞬間、眠っている子たちの映像は途切《とぎ》れる。

設置されたプロジェクターからは『脳漿炸裂《のうしょうさくれつ》型』や『猪突猛進《ちょとつもうしん》型』、『抑圧錯乱《よくあつさくらん》型』に『脳内革命型』『電脳狂愛型』など……五文字の漢字で形成された言葉がずらりと十三種類並んでいた。

「いわゆる部隊分けだね。体力・知力・応用力諸々《もろもろ》……彼女たちが何に秀《ひい》でているか**『黄金卵の就職活動《ジョブハンティングゲーム》』**を通じて全てチェックしていたからね。彼女たちのデータをみれば、この種類分けが実に見事だという事を分かってもらえるだろう」

私は**『黄金卵の就職活動』**の最終面接で田篠から言われた『脳漿炸裂型』の意味を、ここでやっと理解した。

さざなみ女子高で出会った黄金卵たちが自分たちを『〇〇型』って名乗っていたのも、この種類分けに応じたものなんだろう。

もしかすると私があの日、田篠に従い、黄金卵の座を喜んで受け入れていたら、脳漿炸裂型というのは、どんな力に秀でている者のグループなのか、教えてもらえたのかもしれない。あいつらが勝手に導き出した『私の能力』なんて……そんなもの全く興味はないけど。

えっ……ていうか待って。

そんな前から種類分けをしていたってことは、もしかして……。

ポタリと、頬《ほお》を流れた汗《あせ》が床《ゆか》に落ちていく。

「そう、黄金卵くんの想像通りだよ。『腐《くさ》った卵たち』を使い、革命を起こす……それは全て元々の計画にあったこと。途中《とちゅう》計画の変更《へんこう》は多少あったが、君が起こしたトラブルの全てはどれもこれも想定範囲《はんい》内だ」

私たちが必死に戦ってきたことは、単なる悪あがきにしか過ぎず、雄三には痛くもかゆくもなかった……つまり、そういうこと？　彼の言葉は強がりのようにも思えるし真実のようにも思える。

「君たち『**黄金卵の就職活動**《ジョブハンティングゲーム》』プロトタイプは、最初から『革命』の駒《こま》として利用させてもらうつもりだった……狙《ねら》うターゲットには若干《じゃっかん》変更があったけれどもね」

私たちの顔色の変化を楽しみながら雄三は言葉を続ける。

「元々は一般《いっぱん》市民を襲撃《しゅうげき》させて国民の不安をあおるつもりだったんだが、結果的にはこちらの計画のほうが、即効《そっこう》性があってよかったと思うよ」

呆然《ぼうぜん》としたまま、はなちゃんや田篠、レイちゃんの顔を見回す。

いまいち現実が呑《の》み込めていないのは私だけ？　だって雄三が喋《しゃべ》っていることって全然現実味がないことばっかりなんだもん。次から次へと新たな事実が明らかになり、頭がグチャグチャだ。もはや私には自分自身が信用できなかった。とにかく自分たちがしてきたことが全くの無意味であったことは間違《まちが》いないようだ。

「黄金卵くんは私が言うまま十三のグループに、命令を下してくれればいい」

十三台のバスの様子が次々と映し出される中、雄三は淡々《たんたん》としゃべり続ける。

「あれだけの大人数が一気に彼らを襲えば、たとえ凄腕《すごうで》のSPが数人いたところで……まぁ多少の犠牲《ぎせい》は出るだろうが『革命』は必ず成し遂《と》げられるだろう」

多少の犠牲って……私たちの命をなんだと思っているの。

なんの罪もない私たちを勝手によくわからない企《たくら》みに巻き込んで、苦しめ、恐怖《きょうふ》のどん底に叩《たた》き落として、自我を奪《うば》い、人形のように扱《あつか》い……そして、はなちゃんと田篠の頭に爆弾《ばくだん》を埋《う》め込んで……なにもかも好き勝手し放題だ。人をオモチャかなにかと勘違《かんちが》いしているんだろうか。こんな人が国の行く末を考えているなんて、本当に信じられない。私と同じ人間だとはとても思えなかった。感情のないロボットか、悪魔《あくま》が人間の真似事《まねごと》をしているんじゃないだろうか。

「さぁ全てを説明したよ、黄金卵くん……協力してくれるね」

雄三はスマホをしまい、ポケットから新たな何かを取り出した。

彼が手に持つ物に私は見覚えがあった――田篠が私に渡《わた》した起爆《きばく》スイッチと同じものである。

「友達想《おも》いのあなたならば、協力しない以外の選択肢《せんたくし》はないね」

啞然《あぜん》としているはなちゃんに雄三は得意げにスイッチをちらつかせる。彼が持っているのは、はなちゃんの起爆スイッチに間違いなかった。

「爆弾の使い方は別にお前の動きを封《ふう》じるだけではない。黄金卵くんを自由に操《あやつ》る手綱《たづな》にもなるのだよ」

はなちゃんは震《ふる》えながら唸《うな》り声をあげる。

感情を言葉にできないほど怒《おこ》っているのだ。彼と対面した時から私たちは彼に怒《いか》りを爆《ばく》発《はっ》させて、これ以上ないくらい悲しみ、憤《いきどお》っているはずなのに。彼は易々《やすやす》と私たちの負の感情の最大値を更新《こうしん》させていく。

「……卑怯《ひきょう》者」

やっと声をあげたはなちゃんは言葉を発した後、涙《なみだ》をこらえるように唇《くちびる》を嚙《か》みしめる。

口元に、うっすらと血が滲《にじ》んだ。

……こんな皮肉なことってないよ。

私を助ける為《ため》に行った行動が全《すべ》て仇《あだ》となってしまっただなんて。はなちゃんの思いを踏《ふ》みにじり、唾《つば》を吐《は》かれたのだ。

今の彼女の気持ちを思うと胸が張り裂《さ》けそうだ。

はなちゃんは唇を拭《ぬぐ》い、吐き捨てるように言った。

「あなたの事、心の底から軽蔑《けいべつ》するわ」

雄三は、はなちゃんの真似をするように言葉を吐き捨てる。

「お前がどう思おうと関係ない……黄金卵くんが、私におとなしく従ってくれればそれでいい」

悔《くや》しいけれど、雄三に何も言い返すことはできなかった。

だって私の返事次第《しだい》で、はなちゃんは殺されてしまうんだから……大親友の命を握《にぎ》られていては、私は手も足もでない。

「どうしてこんな手間のかかることをするの？」

率直《そっちょく》な気持ちだった。

「だってそうでしょ？　私の頭を撃《う》ち抜《ぬ》いて自我を奪えば済む話じゃない？」

そうすれば雄三はバスで眠《ねむ》る若者たちの頂点に立ち、自由に動かせるはずなのだ。

私の頭を撃ち抜く機会はいくらでもあったはず。

もし三つの実験結果が知りたかったとしても、それが済んだあとだっていくらでも手をくだす瞬間《しゅんかん》はあったはずなのである。彼がここまで時間や労力を費《つい》やす意味が私にはさっぱり分からなかった。

「たしかにそういう方法もあっただろうね……そちらのほうが効率的だ。けどね」

雄三は手の中の起爆スイッチをゆっくりと撫《な》でて、たっぷり間を取ってから続きを言った。

「そんな力を使わずとも、私は黄金卵くんを自分の思うままに動かすことができる。屈《くっ》辱《じょく》に顔を歪《ゆが》めて私に従う君の姿を眺《なが》めているほうがよっぽど気分が良い」

彼はスイッチを再びポケットにしまい、満足そうに唇を緩《ゆる》める。

「……君たちには色々と手こずったからね。それくらい楽しんでもいいだろう？」

……こんなに人間に殺意を持ったのは、初めてだった。

もし、今この瞬間、願いが叶《かな》うならば、私は迷わず言うだろう。

神様！　仏様！　お願いだからこの男を地獄《じごく》に引きずりおろして！　そして一番酷《ひど》い罰《ばつ》を地獄で与《あた》えてくださいって!!!

「君が私の『お願い』を聞いてくれれば、喜んで娘《むすめ》の爆弾を解除しよう」

黙《だま》りこくっている私たちを見まわして、彼はぷっと吹《ふ》きだした。

「何をそんなに深刻に考えることがあるんだい？」

「深刻に考えるに決まってるでしょ？」

思わず言い返すと、彼は「いいや」とすぐさま私を否定した。

「そんなことはない。君たちにとっては別にどうでも良いことのはずだ。世の中で起きている大抵《たいてい》のニュースは、君たち若者には関係のないことなんだろう？」

もうなんなのよ、私の思考は全部お見通しってこと？　彼の言葉は胸にズキズキと突《つ》き刺《さ》さっていく。

「……君が命令するだけでいい」

雄三は廊下《ろうか》を進み、一番近い場所にある教室の扉《とびら》を開けた。

黒板前にある教卓《きょうたく》には沢山《たくさん》のマイクが載《の》せられている。そこから私に命令させるつもりなのだろう。

「君も娘も……ここにいる全員も、君が命令さえしてくれれば命の危険はなくなる。君にとっては悪くない交換《こうかん》条件だと思うけどね」

雄三はそこまで言うと、教室から椅子《いす》をひっぱりだして、そこに腰《こし》をかけた。

「覚悟《かくご》が決まったら言いたまえ」

雄三は起爆スイッチの入ったポケットを、生まれたての子犬を可愛《かわい》がるように、ゆっくりと撫でた。

不正解しかない選択肢を突き付けられて、私は床《ゆか》に座り込んだ。

「逃《に》げて、ハナ……そんなことをしては駄目《だめ》」

一貫《いっかん》して態度を崩《くず》さないはなちゃんの言葉がぼんやりと遠くに聞こえる。

頭がボーッとして、周囲がぼやけてみえる。

逆らえば、はなちゃんが殺される。でも従えば……大勢の人たちが傷つき、とりかえしのつかない方向に世の中は動き始める。

こんな決断を私に迫《せま》るなんて……雄三は非道で鬼畜《きちく》で最低野郎《やろう》だ。

「いつまで地べたにしゃがみこんでいるんですか」

その時、背後から声が響《ひび》いた。

今までずっと黙り込んでいた田篠である。

「体の冷えは女性の大敵ですよ」

そう言って彼は私の腰に手をまわすと、私を軽々と持ち上げた。

されるがままになっていたけど、無理やり持ち上げられても足腰《あしこし》に力が入らず、立ちあがることができない。背後から田篠に抱《だ》きしめられて、彼の体温がじんわりと伝わってくる。

「ほら、自分の力で立つんです」

「……立って、私に雄三の言う事を聞けって言うの？」

「どうしたいかは君次第ですよ」

田篠は私を立たせると、今度はレイちゃんを引っ張り上げた。

「選択肢《せんたくし》はそんなに多くありませんしね」

田篠はひとさし指をつきあげる。

「1、父に従い、市位さんが命令を下す……そうすれば私たち全員が助かります。私の父が本当に約束を果たすかは知りませんが」

田篠は二本目の指を伸《の》ばして、私たちの顔を見まわした。

「2、味田さんと共に逃げる。これは私と妹の生存率は低いですが、ラッキーガールの市位さんならば、もしかしたら学院内から脱出《だっしゅつ》できるかも」

そのまま三本目の指を立てるかと思いきや、彼は二本伸ばした指を拳銃《けんじゅう》に見立ててこめかみに押し当てる。

「3、ここで要求を拒絶《きょぜつ》して暴れまわり、全員で自我のある生活からおさらばする……選択肢はそんなものでしょう」

たった3つ……それだけしか道はないなんて。改めて突き付けられると、その少なさに愕然《がくぜん》とする。田篠はクスクス笑いながら、私に尋《たず》ねた。

「さて皆《みな》さんのお好みは？」

ふざけきっている田篠に怒《いか》りをぶつけようとした時、

「3番」

問いに答えたのはレイちゃんだった。

「いいよ、ここでサヨナラで」

「レイちゃん？」

さきほどまで泣きじゃくっていたレイちゃんの顔からは涙《なみだ》が消えていた。彼女は私の顔を見やってから、どこか自虐《じぎゃく》的な笑《え》みを浮《う》かべる。

「だって市位さんが命令をだしたら、あそこにいる大治もそれに従うことになるでしょ？本当にごめんね、馬鹿《ばか》な女だと思うだろうけど……これ以上、彼に罪を重ねてほしくないの」

「馬鹿だなんて思わないよ」

だってレイちゃんがどんなに久保賀のことが大切で、心から愛しているか、私は知っているもの。さっきのエレベーターでの出来事だけじゃないよ。居場所のない教室の隅《すみ》っこで、いつもいつも彼への想《おも》いは聞いていたから。

「でもごめん、賛成もできない」

ここにいる全員が自我を失うなんて絶対嫌《いや》だった。私の回答に田篠は「ほう」と声をあげて二本指を私の前に向ける。

「では、選択肢1か2ですね」

「1は、ありえないわ！」

はなちゃんが田篠を遮《さえぎ》るように叫《さけ》んだ。

爆破《ばくは》した際、私を巻き込むのを避《さ》けているのだろう。彼女は今も尚《なお》、私と一定の距離《きょり》を保ち続けている。

「私一人の為《ため》に、何百人もの人間を地獄に突き落とす気⁉　そんなこと絶対許さない！」

「だそうですよ、市位さん」

田篠はどこか楽しそうに私の顔を覗《のぞ》き込む。

「あなたの声ひとつで、みんなの運命が変わってしまう……恐《おそ》ろしいですね」

「お願いだから、黙って、兄さん！」

怒鳴《どな》るはなちゃんに、田篠は静かに近づいていく。そして何を思ったか、彼女をきつく抱きしめた。

「兄さん!?」

「はな……もういいんだよ。強がらなくて」

田篠の腕《うで》の中から逃《のが》れようとするはなちゃんを、彼はぎゅっと押さえ込む。

「お前だって分かっているだろ。私たちは負けたんだ……もう諦《あきら》めろ。市位さんが従えば何もかも終わる……みんな自由になれるんだよ」

「本気で、そんなことを言ってるの？」

「あぁ、そうすれば市位ハナを守るゲームの勝者は私たちだ」

この状況《じょうきょう》でも、やっぱりゲームなのか。

壊《こわ》れてしまった田篠の精神では、一体世界がどう見えているのだろう。物凄《ものすご》く難しくて不条理なロールプレイングゲームくらいにしか思ってないのかもしれない。

「さぁ、市位さん……答えを決めるのです」

そう言って、田篠はくるりと、はなちゃんと雄三に背を向けて私の前に立ちふさがった。

「さぁ！」


田篠と私はしばらく見つめあった。


「……第四の選択肢はないのかな？」

「第四？」

「うん、はなちゃんの頭は爆発《ばくはつ》せず、バスに乗ったみんなが誰《だれ》も傷つけたりしないで、自分の自我を取り戻《もど》すために一生懸命頑張《いっしょうけんめいがんば》って、自分自身を取り戻す……その為ならばちょっとくらい黒服や雄三が傷ついても構わない……そんな選択肢」

話を聞いていた雄三がクックックと喉《のど》を鳴らす。

「楽観的思考もそこまでくると天晴《あっぱ》れだな」

「……味田さんは、今の市位さんの発言を聞いてどう思われました？」

田篠は雄三を無視して、レイちゃんに話しかける。

「……そんな未来が来るならば、この世も捨てたもんじゃないって思えるかもね」

田篠は楽しそうに「この世も捨てたもんじゃないねぇ」と、ニヤニヤと笑いながらレイちゃんに近づき、その手を握《にぎ》った。

「国語の成績がいまいちだったあなたがそんな表現をするとは、人は成長するものですね」

戸惑《とまど》うレイちゃんから、ゆっくり手を放すと、再び彼は私を見やった。

「さぁ、それで、あなたはどうするんですか？　私の妹と、576名の人々、どちらを選ぶんですか？」

「私は……」

私は一度言いよどんでから、導きだした答えを口に出す。

「私と、はなちゃんは、一蓮托生《いちれんたくしょう》なの」

「ハナ！」

はなちゃんが悲鳴に近い声をあげる。

その悲鳴にかぶさるように雄三が大きく手を叩《たた》く音が響《ひび》いた。彼は席から立ち上がりほくそ笑む。

「君はやっぱりお利口さんだね、黄金卵くん」

雄三は満足そうに、私とはなちゃんに近づいてくる。

「君の選択《せんたく》は正しい……目の前の大切な人の事だけを考えればいいんだ……これで君は大親友を救える」

「勘違《かんちが》いしないで！」

私は雄三の言葉をかき消すように叫び、そのままはなちゃんに抱《だ》きついた。

「私が選んだのは、はなちゃんと同じ運命を歩むってことだけ！」

突然《とつぜん》のことで、はなちゃんは私から一定距離を取ることを忘れて、呆然《ぼうぜん》と立ち尽《つ》くしている。私はその隙《すき》をついて、彼女の体に絡《から》みつくように、きつく、きつく、細い体に抱きついた。

「私は誰にも命令なんてしない。だからって、はなちゃんを一人で死なせはしない。彼女の頭を爆発させるならば、させればいい……その時は……私も一緒《いっしょ》に死ぬ」

「……ハナ⁉」

はなちゃんは必死に私から逃れようとジタバタと手足を動かし、身じろぐが私は必死に彼女にしがみついた。

「市位さん、こんな選択は間違《まちが》っていますよ」

やれやれと呆《あき》れた表情を浮《う》かべて、田篠が前髪《まえがみ》をかきあげる。

「うるさい、これが私の選択よ、誰にも文句は言わせない！」

「ハナ、やめて！」

はなちゃんは私の胸を何度も叩き、背中をひっかく。

でも、私は平気だ。こんな痛み、はなちゃんが今まで感じてきた痛みに比べたら全然大したことないもの。

「ハナ、お願いだから……馬鹿《ばか》な真似《まね》は止《よ》して！」

「そうだ、馬鹿な真似は止したまえ」

雄三は軽蔑《けいべつ》と落胆《らくたん》が入り混じった表情を浮かべながら言った。

「私につまらない選択を取らせるつもりかい？」

彼の言葉に従い、黒服たち全員が輪となって、私とはなちゃんを取り囲む。

彼らは私たちに向けてレーザー銃《じゅう》を向けた。

「残念だが一蓮托生は叶《かな》わないよ……君は自我を失い、腐《くさ》った卵の仲間入りをするのだから。馬鹿なことはやめて、さっさと仲間たちに命令を下すんだ」

要求を拒絶《きょぜつ》するように何度も首を振《ふ》り続けた。そんな私の態度に苛立《いらだ》っているのか、雄三はフンと鼻で笑う。

「……私の命令に背《そむ》き、娘《むすめ》と犬死にする……が君の第四の選択だっていうのか？」

笑いたいなら笑えばいい……彼を真似して、私も思いきりフンッと笑ってみせた。

「まさか、そんなはずないじゃない」

その瞬間《しゅんかん》、キィ〜ンというマイクのハウリング音が響いた。

雄三が驚《おどろ》き、目を見開いた。彼が表情をこれほどまでに崩《くず》すのは、はじめての事である。

『……第四の選択肢《せんたくし》はないのかな？』

言葉が発せられた瞬間、バスの中で眠《ねむ》っていた人々の目が開き、夢の世界から目覚めていく。

『第四？』

聞こえてくる男の声に、雄三はハッとした表情を浮かべて、さきほど彼が扉《とびら》を開けた教室を見やった。

そこに立っているのはレイちゃんだった。

彼女は用意されたマイクに向かい、はなちゃんのスマホを向けている。

『うん、はなちゃんの頭は爆発せず、バスに乗ったみんなが誰も傷つけたりしないで、自分の自我を取り戻すために一生懸命頑張って、自分自身を取り戻す……その為《ため》ならばちょっとくらい黒服や雄三が傷ついても構わない……そんな選択肢』

その声に従い、バスに座っていた子たちがゆっくりと動き出す。

「え、これどうなってるの？」「分からない」「自我を取り戻すって、どういうこと？」

音声は聞こえてこないが、彼女たちがそんな事を口々に話していることは映像の様子から伝わってきた。

「……貴様」

雄三が私を睨《にら》んだが、もうすべてが遅《おそ》かった。私の命令は全て終わったのだから。

逃《に》げ出していくレイちゃんに向かい、誰《だれ》かが叫《さけ》んだ。

「早く、あいつを捕《つか》まえろ！」

それに合わせて黒服たちは反射的にレーザー銃の引き金を引く。

「馬鹿、やめないかっ！」

田篠は黒服たちを止めようとしたが、レーザー銃はレイちゃんではなく設置されたマイクに当たり、繋《つな》がっていたコードを焼き切っていく。

「今日ほどあなたと似ている事を感謝した日はないですね」

微笑《ほほえ》みながら田篠は雄三の真横に近づいていく。

彼こそ、さきほど「あいつを捕まえろ」と叫んだ張本人だった。彼の手には黒服から奪《うば》ったのだろう、レーザー銃が握られており、その銃口《じゅうこう》は雄三に向けられていた。

「さぁ、あなた方のボスを失いたくなければ……自分の胸を、その銃で撃《う》ちなさい」

今まで鉄仮面の様だった黒服たちが一気に青ざめる。

「銃の威力《いりょく》は知っているでしょう？　頭以外の箇所《かしょ》を撃っても激痛が走り気絶するだけで死にはしませんよ……それともあなたたちにとってボスはその激痛に値《あたい》しないと？」

黒服たちは互《たが》いの顔を見合わせ、最後に雄三の顔色を窺《うかが》った。

「……早くしろ」

雄三にギロリと睨まれると、彼らは震《ふる》える手で、自らの胸に次から次へとレーザー銃を発砲《はっぽう》した。雄三に逆らうことは、彼らにとって死を意味するのだろう。うめき声をあげながら黒服たちはその場に倒《たお》れていった。

「……どうなってるの」

唖然《あぜん》とするはなちゃんの頭を私はゆっくりと撫《な》でた。

「これが私の第四の選択」

はなちゃんはポカンとした顔で硬直《こうちょく》し続けている。

「って言っても、ほとんど彼が考えたことだけどね」

私は、田篠のほうを見やった。

「彼がはなちゃんを抱《だ》きしめた後、こっちを振り返った時、田篠は、はなちゃんのスマホを持っていたの……その時、気づいたの。雄三のミスに」

「私のミス？」と、雄三は唸《うな》るように言った。

「そう、あなたのミスは教室のマイクを私にみせたこと。それにより私の命令が音声のみで、みんなに伝わるということが分かった」

「……だから、私のスマホを使って、音声を録音したのね」

「さすが、はなちゃん」と私はニヤリと微笑んだ。

「そう、私の命令を録音して、そのスマホをレイちゃんに託《たく》したの」

「突然握手《とつぜんあくしゅ》を求められた時はビビったけどね」

教室からでてきたレイちゃんが、はなちゃんのスマホを掲《かか》げる。

「スマホ二台も渡《わた》されるんだもの、落とさないか不安だったわ」

田篠はレイちゃんに握手をしながら、はなちゃんと自分の分のスマホを渡したのである。

「田篠のスマホには、レイちゃんに何をしてほしいかの指示がタイプされていた、そうだよね？」

レイちゃんはコクリと頷《うなず》いた。

「あとは、雄三と黒服の注意をレイちゃんからそらすだけ……あなたが腐《くさ》った卵に興味がないことは分かってたしね」

レイちゃんのことを平然と踏《ふ》みつけるやつである。彼が彼女のことを眼中に入れていないことは一目瞭然《いちもくりょうぜん》だった。

「マイクは壊《こわ》したし……もう彼女たちに命令はできないわね」

私ははなちゃんを抱きしめたまま雄三を睨んだ。

「これでもまだ想定の範囲《はんい》内？　計画変更《へんこう》すれば元通りにできるのかしら」

雄三は黙《だま》ったままだ。

「あなたの負けよ、稲沢雄三さん」

「……それはどうかな？」

雄三は笑顔《えがお》だ。

「君たちは詰《つ》めが甘いようだね」

彼は微笑みながら両手をこちらに見せる。そこにはあるのは二つの起爆《きばく》スイッチだった。

「私が君たちの命を握《にぎ》っていることを忘れたのかい？」

再びはなちゃんが腕《うで》の中で暴れ出すが、私は彼女を抱きしめ続けた。

「おやおや、ここまできて悪あがきですか？」

田篠は呆《あき》れた様子でレーザー銃《じゅう》を向け直すが、雄三は動じない。

「悪あがきではないよ、たとえ自我を失おうとも私は必ず復活する……君たちと違《ちが》い確固たる信念を持っているからね……だが君たちはこのスイッチを押せば、それで終わりだ」

雄三は真顔でサラリとそう言ってのけた。

やはり頭がどうかしているとしか思えない。だって彼が殺そうとしているのは実の息子《むすこ》と娘《むすめ》なのだから。

「君たちが死んだ後、私は再び計画を練り直すだけさ。また新たな黄金卵くんを育てればいいだけの話」

そこまでして計画を突《つ》き進めようとする彼は、心の底から自分の『革命』が、この国を良くすると信じているのかもしれない。負けが認められず、私たちを道づれにしたいだけかもしれない。どっちにせよ、雄三は今までの冷静さを失い、髪《かみ》の毛を振《ふ》り乱している。

その目は血走り、常軌《じょうき》を逸《いっ》しているのは明らかだった。そんな中、はなちゃんは必死に私の体を振り払《はら》おうとしている。

「ハナ、逃げて！」

「駄目《だめ》、私たちは一蓮托生《いちれんたくしょう》だもん……みんなのことも救えたし、私割と満足しちゃってるんだ」

「私はこんな結末満足しない、ハナにどうしても生きてほしいの！」

はなちゃんの気持ちは痛いほど分かる。

でも、残念だけど、それは無理だ。

「ごめんね、はなちゃん。でも、あの最終面接の時みたいに、私だけ生き残ったりはしない……私たちは一蓮托生なんだから」

観念したように、はなちゃんの体から力が抜《ぬ》けていく。

彼女の体重を支えきれず、私は背後に倒れこんだ。私たちの体は半分、エレベーターの中に入り込んでいる。勢いよく頭を床《ゆか》に打ちつけて、ゴンッと鈍《にぶ》い音が響《ひび》いた。

「……凄《すご》い音」

驚《おどろ》いたように、はなちゃんは目を見開いた。

「知らなかった？　私めっちゃ石頭なんだよ？　小学校の頃《ころ》、頭突《ずっ》きで近所のいじめっこやっつけたことあるもん」

「頭突きで⁉」

はなちゃんが久しぶりに天使のラッパを鳴らし、ぷふぅと吹《ふ》き出して笑った。

「……良かった。はなちゃんの笑顔をまた見られて」

はなちゃんの表情に私も思わず笑顔になる。

やっぱり私、はなちゃんの笑顔が大好き。今この瞬間《しゅんかん》、彼女の頭が吹き飛んで、それに巻き込まれて死んだとしても、彼女を最期《さいご》に笑顔にできたんだから、満足だ。

「そのまま、エレベーターに乗りなさい」

笑いあう私とはなちゃんに突然《とつぜん》、田篠が叫《さけ》んだ。

「味田さんも早く！」

レイちゃんは彼の気迫《きはく》に負けて、慌《あわ》ててエレベーターに乗り込み、私とはなちゃんを中に引きずり込んだ。

「逃《に》げても無駄《むだ》だよ……むしろエレベーターの中のほうが効率よく三人殺せるかもしれな

いね」

田篠の行動に呆れきったように、雄三はため息をつく。

「さぁ、そろそろ終わりにしようか」

「残念ですが……それはこちらのセリフです」

田篠はポケットから、何かを取り出した。それは雄三が持つ起爆スイッチと瓜二《うりふた》つである。それを見て、私はポケットをまさぐった。彼から受け取ったはずの起爆スイッチが消えている。

「言葉通り、脇《わき》が甘いですね、市位さんは」

田篠の言葉にハッとする。

彼は私を抱《だ》きおこす時、隙《すき》を見てスイッチを抜き取ったのである。雄三が起爆スイッチに気を取られた一瞬の隙をつき、田篠は雄三を羽交《はが》い絞《じ》めにする。

「あなたが起爆スイッチを押しても残念ながら、私とはなの脳漿《のうしょう》は炸裂《さくれつ》しませんよ」

「……なんだと？」

田篠はクックックと喉《のど》の奥を震《ふる》わせる。

「起爆スイッチなんて恐《おそ》ろしいもの、私があなたに渡すわけないじゃないですか……本物はこれだけです」

雄三はスイッチを持つ手に力を込める。今にもスイッチが押されそうである。

「そんな嘘《うそ》、信じると思うか？」

「信じられないならば、どうぞスイッチを押してください……もっとも、この状態だと私と一緒《いっしょ》にあなたも吹き飛びますね」

田篠はそう言いながら、エレベーターにいる私たちを見やった。

「私が全《すべ》てを終わらせます」

「……そんなことしちゃ駄目」

彼が何をしようとしているかを察した私は叫ぼうとしたが、声が震えてうまく喋《しゃべ》ることができない。

「……そうしなければゲームクリアにならないですからね」

「ゲームの話はやめて！」

「いいえ、やめません。市位ハナを救うゲームに勝つのは私です」

雄三は身じろぎながら、こちらに血走った眼《め》を向ける。

「……これで終わりじゃないぞ」

「もうやめましょう、お父さん」

田篠は雄三の体を更《さら》に自分に引き寄せてから、再びこちらを見やった。

それは今まで見たことがないような、愛情と優《やさ》しさに満ちた晴れ晴れしい笑顔《えがお》だった。

「……はな、家に帰って温かいお風呂《ふろ》に入りなさい」

田篠は愛《いと》しそうに、はなちゃんを見つめている。

それはどこからどうみても妹を心から愛する兄の眼差《まなざ》しだった。ゲームのことしか考えられない精神の崩《くず》れた男がそんな顔をするとは思えない……もしかして、田篠の精神が崩《ほう》壊《かい》したっていうのは嘘なんじゃないだろうか。

そんな疑念が頭にうかんだ瞬間、エレベーターの扉《とびら》が閉まる。

はなちゃんがボタンを押したのだ。

それと同時に、田篠が起爆《きばく》スイッチを押す。

ドンッ!


目の前が真っ白になり、激しい爆音《ばくおん》が響いた。

キーンと耳が痛み、周囲が無音になる。

エレベーターは激しく揺《ゆ》れながらもゆっくり下り続ける。唖然《あぜん》としたましゃがみこんだレイちゃんはガラス張りの天井《てんじょう》を見つめている。爆発が起こった四階フロアから目が離《はな》せないようである。

一方の私は、はなちゃんから目を離せずにいた。

彼女は燃え盛る四階フロアを見上げているが、その瞳《ひとみ》は固く閉じられている。拳《こぶし》を握《にぎ》りしめたまま、彼女は静かに呼吸を整えていた。

「……私は絶対泣かない」

「はな、ちゃん?」

「……だって、この結末は、ずっとずっと私が望んできたことだもの」

そう言いながらも、はなちゃんの閉じられた瞼《まぶた》の間からポロポロと涙《なみだ》が溢《あふ》れだしてくる。

気が付くと私もレイちゃんも涙を流していた。

こうして、長い長い私たちの物語は幕を閉じたのである。

エピローグ：百年後の今頃は……

稲沢雄三の死から半年経《た》とうというのに、世間はまだ『高度育成プロジェクト』の話題で持ちきりだった。

聖アルテミス女学院で雄三が謎《なぞ》の死を遂《と》げた後、彼が独自に続けていた恐ろしい計画が世間に明らかになったのである。

彼のせいで稲沢グループの信用は地に落ちて、巨大財閥《きよだいざいばつ》は崩壊の危機に陥《おちい》っている。今や雄三は世にも恐《おそ》ろしい計画を実行しようとした極悪人《ごくあくにん》なのだ。人々は彼の計画に怯《おび》えて、彼を罵《ののし》り、そして小馬鹿《こばか》にした。

「こんな阿呆《あほ》らしい計画を、彼は本気で実現させようとしていたのか？」

大勢の若者たちが犠牲《ぎせい》となり、今も自我を失った後遺症《こういしよう》に苦しんでいるというのに、世間の人々はどこか他人事《ひとごと》だ。

「自我を失うって、いわゆるマインドコントロールみたいなもんでしょ」

「そんなものに引っかかる方がどうかしている」

なんて話す人間もいるほどだ。

彼らが現実から目をそらすのも当然だ。だって自我を失った人間は彼らにとって赤の他人であって、彼らの人生には何も関係ないのだ。人々は関係ないことには無関心。つまりあの恐ろしい事件はおこっていないも同然なのだ。


人々の無関心も恐ろしいけれど、それより何より恐ろしいのは、雄三の教育プロジェクトを一部賞賛する人間が現れたのだ。

「彼はやり方を間違《まちが》っただけで、根本の教育理念は間違っていない」

「周りに流される若者への救済処置は必要なのだ」

「プロジェクトの有無《うむ》は次の選挙で決めるべきだ」

そんな事を言い出す政治家がいるくらいだ。

はなちゃんいわく、それは稲沢グループの息がかかった政治家であるとのこと。雄三が死んだからって全《すべ》てが終わるわけではなかったのだ。考えてみれば、そりゃそうだよね。

あんな規模の大きなプロジェクトだ。雄三以外にも大勢の協力者——腐《くさ》った大人——がいるのは当たり前なのである。

「みて、ツイッターにこんなにプロジェクトに賛同するツイートが……」

病室の窓から青空を眺《なが》めていたはなちゃんに、私はスマホ画面を向けた。

「信じらんない……どういう神経しているんだろう」

深くため息をつき、私は今度はベッドを見やった。

「なんか、むしろ事態が悪化しているみたいに感じませんか、古寺先生」

ベッドに横たわる古寺先生は、微《かす》かに私に微笑《ほほえ》みかけた。

十三台のバスに乗せられていた子たちは、順調に自我を取り戻《もど》して、徐々《じょじょ》に普通《ふつう》の生活に戻っていたが、二度銃撃《じゅうげき》を受けた古寺先生と久保賀はそう簡単には普通の生活には戻れないようだ。

私とはなちゃんは時々こうして古寺先生と久保賀の見舞《みま》いに訪《おとず》れているのだ。ぼんやりとただ空を見つめていることが多かった二人だが、こうやって少しずつ表情を取り戻しつつあった。私は信じている。いつか二人が普通の生活に戻れる日を。その日が来たら、その時に改めて今までの感謝を二人に伝えるつもりだ。

看護師さんの話を盗《ぬす》み聞きしたところによると、レイちゃんと風も時々久保賀の見舞いに訪れているらしい。レイちゃんは高校を卒業して教育学部のある大学に進学した。彼女は先生になりたいんだそうだ。先生になって子供たちが私たちのような目に遭《あ》わないようにまもってあげたいんだって。

「……みんなが本当に父の考えに賛同するならば、それは仕方ない」

最初、はなちゃんが何を言い出したのか分からなかった。かなり長い間、沈黙《ちんもく》していたから、さっき私が見せたツイートへの感想だと気づくのに時間がかかったのだ。

「けど……周りの大人の良いように流されるのだけは絶対嫌《いや》」

「そうだね」

はなちゃんに同意しながらも本当は私は思っていた。

もし私が何も知らない、ただの女子高生だったら、どうしていたんだろう。やっぱり自分に関係ないってそっぽをむくのかな。

もしかして「なんも考えなくて済むなら楽じゃ〜ん」とか言って雄三のプロジェクトに賛同したりしてたのかな？　かつての私みたいだった子たちに聞きたいよ。やっぱり大人たちの話には無関心だよねって。別に説教するんじゃないよ。私はもうそっちには戻れないから……どんな感じで今のニュースを見ているのか知りたくなっただけ。もし第二の雄三が現れて、なにかおかしい動きを見つけたら私たちは彼らを止める為《ため》に立ち上がっちゃったりすると思うから。

「ハナ」

ぼんやりしている私に、はなちゃんがそっと黄緑色の小箱を差し出した。

箱を開けると、中身はやはりマカロンだった。

「春の新作ですって」

レモン色と緑色のマカロンをそれぞれ手に取り、私たちはパクリと頰張《ほおば》った。口いっぱいに甘味が広がり、一気に幸せな気持ちになる。

「……こんな風に呑気《のんき》にマカロンを食べる日がくるなんてね」

はなちゃんの長いツインテールが春の日差しを浴びて、キラキラと輝《かがや》いている。

一時期、はなちゃんはツインテールを止《や》めていた。

父親と兄を同時に失い、今まで人生をかけていた復讐《ふくしゅう》も終わり、彼女はすっかり燃え尽《つ》きてしまったのである。過去の後悔《こうかい》から毎晩うなされて飛び起きることもあったらしい。

だけども桜が咲《さ》き始めた頃《ころ》だろうか。気持ちの整理がついてきたらしく、

「この髪型《かみがた》が一番私に似合うって昔、兄に言われたから」

そう言って再びツインテールの髪型をするようになったのだ。

田篠の意見に大賛成だ。私は彼女のツインテール姿が大好きだ。こんな風に最近、彼女

はよく田篠との思い出話を聞かせてくれるんだ。ゆっくりゆっくり時間をかけて私たちは長い戦いで負った傷をいやしている。

この先、一体どんな未来が待っているか分からない。

一年後どころか、一日後、一時間後、一分後、一秒後、どんなことが私を待ち構えているのか、勿論《もちろん》予想なんてできない。でも、何が起きても、私とはなちゃんの答えは一緒《いっしょ》だ。何が起きようと私たちは周りの大人になんて流されない。

雄三に「ほらみたことか」とほくそ笑《え》まれないように、自分の意志で前に歩いていくんだ。それは一年後も十年後も百年後も変わらない。百年後、死んでるでしょなんてツッコミは受け付けません。

「さぁ、そろそろ行きましょうか」

はなちゃんがゆっくりと立ち上がる。私もそれに続き、彼女の手をそっと握《にぎ》った。

「ハナ、ちょっと恥《は》ずかしいんだけど」

はなちゃんは子供じみた私の行動に顔を赤らめる。

「なんで？　嫌《いや》なの？」

「嫌じゃ、ないけど……やっぱり恥ずかしい」

私の為に命をかけていたくせに、私と手を繋《つな》ぐことを恥《は》じらうはなちゃんがさっぱり理解できない。私はわざとらしく頰《ほお》を膨《ふく》らませてむくれてみせる。

「だってぇ～、はなちゃんと友達らしいこといっぱいしたいじゃん」

「分かったわよ」

はなちゃんは諦《あきら》めたように私の手を握り返した。やれやれという態度をしながら彼女は嬉《うれ》しそうである。

雲ひとつない青空を眺《なが》めながら、私たちは病院の廊下《ろうか》を歩く。

「はなちゃん」

「なぁに？」

「これから楽しいこと沢山《たくさん》しようね、くだらない話して喧嘩《けんか》とかもしてさ」

　すると、はなちゃんはゆっくりと微笑みながら言った。

「当然でしょ？　私たちは一蓮托生《いちれんたくしょう》なんだから」

あとがき

はじめましての方もおひさしぶりの方もこんにちは！　どうも吉田恵里香《よしだえりか》です。この度《たび》は『私は脳漿炸裂ガール』をお手にとっていただき誠《まこと》にありがとうございます。

第六巻、いかがでしたか？

完全なハッピーエンドではなく、これからも沢山《たくさん》の問題が二人に降り注ぐでしょうが、それでもハナ達は一蓮托生《いちれんたくしょう》。二人手を取り合い、前を向いて歩いていくことでしょう。古《こ》寺《じ》や久保賀《くぼが》、黄金卵の就職活動《ジョブハンティングゲーム》に参加させられた生徒達も自分らしい人生を歩んでくれたらいいなと思います。

さて脳漿《のうしょう》シリーズは六冊目となる今作で、一応最終巻となります。

当初一冊で終わるはずだったこの作品がシリーズ化して、実写映画となり、その脚本《きゃくほん》も担当させていただくことになるなんて……三年前の私は想像していませんでした。それもこれも応援《おうえん》してくださった皆《みな》さんのおかげです。何冊もWはなな達の物語を紡《つむ》がせていただいたこと、本当に幸せでした。Wはなや田篠《たしの》、古寺、久保賀など登場人物を愛してくださった皆さん、ツイッターやファンレターで感想をくださった皆さん、本当にありがとうございました。また違《ちが》った形でWはな達のお話を書けたらいいな、なんてこっそり思っています。それくらい私にとって彼女達は大切な存在です。

六巻が発売される頃《ころ》には、実写映画版『脳漿炸裂ガール』も公開になっていますね。主演の柏木《かしわぎ》ひなたさん・竹富聖花《たけとみせいか》さんは勿論《もちろん》、出演されたキャストの皆さん、監督《かんとく》、スタッフの皆さんのおかげで小説版脳漿の世界観をぎゅっと詰《つ》め込んだ素敵《すてき》な作品になりました。大勢の人に楽しんでもらえたら嬉《うれ》しいです。

最後になりますが、脳漿炸裂ガールの産みの親であるれるりりさん・一巻からイラストを描《えが》いてくださったちゃつぼさん・大好きな編集Yさん・前編集担当のSさん。小説版・映画版の関係者の皆さん。いつも支えてくれる家族・友人。そして、脳漿シリーズを読んでくださった皆さんに心の底から「ありがとう×∞」を。では、またいつかお目にかかりましょう。その日まで皆さんお元気で♡

吉田恵里香

「comment」

れるりりさん

「みなさん」こんにちわ、れるりりです(・ω・)/
小説版「脳漿炸裂ガール」いかがだったでしょうか？
僕はめちゃくちゃ面白かったと思います。
今回でこの小説版が完結になってしまうのが実におしいですね。
でもこれからもコミックス・映画で「脳漿炸裂ガール」は続いていきますので、まだまだお楽しみください！
振り返ってみれば2012年の10月にこの曲がニコニコ動画にアップされてから、カラオケ、マンガ、小説、ゲーム、映画、
とにかく自分が予想もしなかった、いろんな形となって世の中に展開

されていきました。

これも自分の作品を愛して、応援してくださったみなさまのおかげです。本当にありがとうございます。

「夢っていうのは、こうやって形になっていくんだよ」と、この曲が教えてくれたような気がしています。

夢を仕事にするって大変だけど、とても素敵なことだと思うので、みなさんもぜひやりたいことに死ぬまでチャレンジし続けてみてほしいです。

そして僕もまだまだやりたいこと、たくさんあります。

これからもっともっと自分の中の大きな夢をかならず形にして、みなさんに見せていけたらいいなと思いますので
これからもれるりりをどうぞよろしくお願いします
(・ω・)/

れるりり

「脳漿炸裂ガール　私は脳漿炸裂ガール」の感想をお寄せください。
おたよりのあて先
〒102-8177　東京都千代田区富士見2-13-3
株式会社KADOKAWA　角川ビーンズ文庫編集部気付
「れるりり」・「吉田恵里香」先生・「ちゃつぼ」先生
また、編集部へのご意見ご希望は、同じ住所で「ビーンズ文庫編集部」
までお寄せください。

脳漿炸裂《のうしようさくれつ》ガール　私《わたし》は脳漿炸裂《のうしようさくれつ》ガール

原案／れるりり　著／吉田恵里香《よしだえりか》

角川ビーンズ文庫　19281

平成27年8月1日　初版発行
令和3年7月15日　12版発行

発行者――――青柳昌行
発　行――――株式会社KADOKAWA
〒102-8177　東京都千代田区富士見2-13-3
電話 0570-002-301（ナビダイヤル）
印刷所――――株式会社暁印刷
製本所――――本間製本株式会社
装幀者――――micro fish

●お問い合わせ
https://www.kadokawa.co.jp/（「お問い合わせ」へお進みください）
※内容によっては、お答えできない場合があります。
※サポートは日本国内のみとさせていただきます。
※Japanese text only

ISBN978-4-04-102729-5 C0193 定価はカバーに表示してあります。

こじらせちゃって
パンパカパッパッパーン!!
野田
ボーイ
原案：れるりり
著：藤《と》並《なみ》みなと
イラスト：穂《ほ》嶋《しま》
発売予定!!
角川ビーンズ文庫

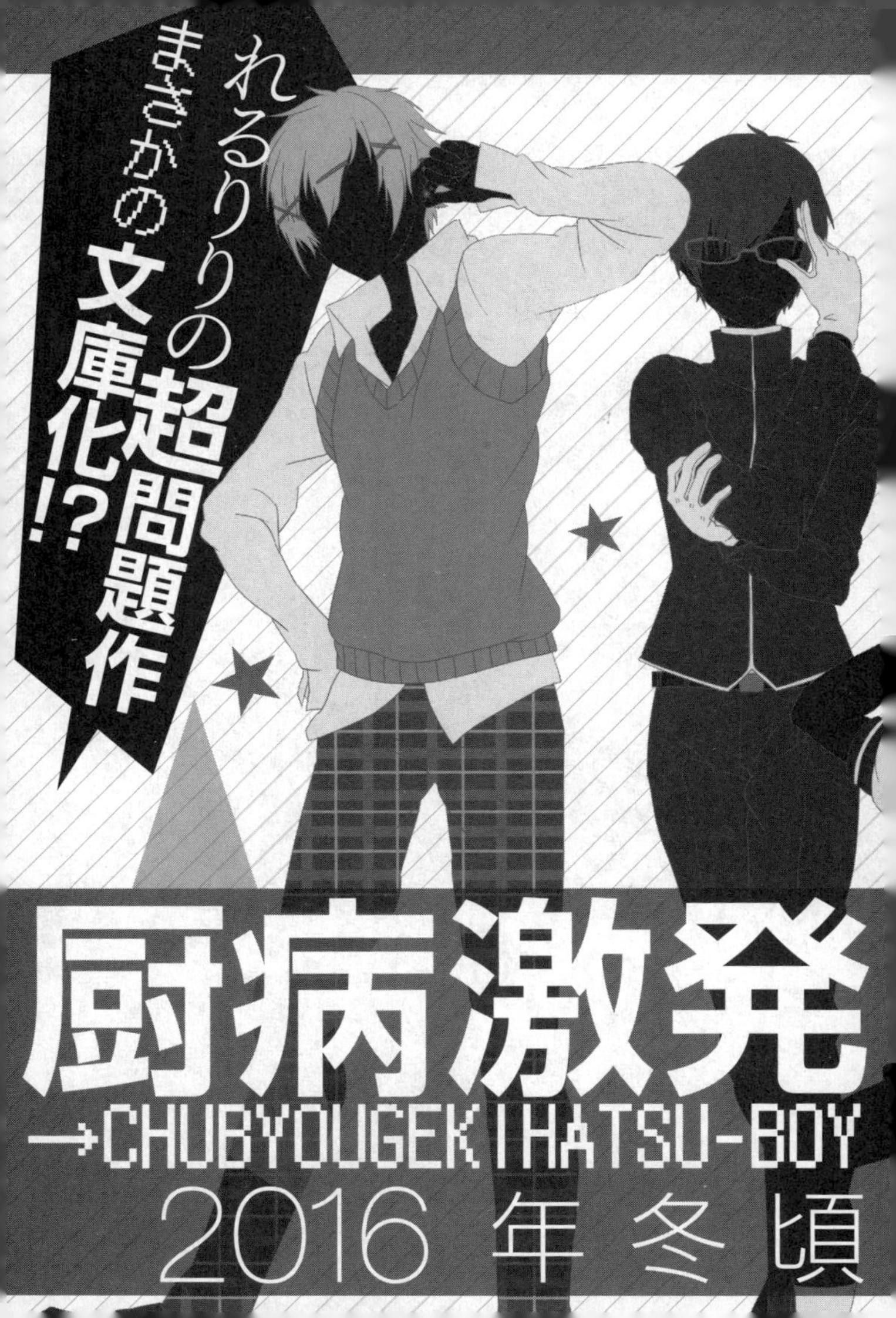
れるりりの超問題作
まさかの文庫化!?
厨病激発
→CHUBYOUGEKIHATSU-BOY
2016年冬頃

人気ボカロP・れるりりの
和風ロックナンバー
『Knife』を
ノベライズ！
Knife
原　案：れるりり(Kittycreators)
著　：佐々木充郭
イラスト：穂嶋(Kittycreators)
判型：四六判
発行：株式会社KADOKAWA
アスキー・メディアワークス
狂気の刃が
少年・弓月と
少女・鈴音の
運命を変えていく！
乞うご期待！
Knife
続刊
好評発売中
『JOYRIDE』今秋発売！
KADOKAWA
発行 株式会社KADOKAWA
KADOKAWA公式サイト
http://www.kadokawa.co.jp/
ASCII MEDIA WORKS
プロデュース アスキー・メディアワークス
Next コンテンツポータル(こんぽた)
http://ch.nicovideo.jp/AMW-conpota/

原案／40mP
著／西本紘奈
イラスト／たま
恋愛裁判《れんあいさいばん》
僕は有罪《ギルティ》？
超人気！ 40mP×たまが贈る、
胸キュン・ボカロ恋ウタを
完全小説化!!
クリプトン・フューチャー・メディア公認
歌楽坂高校１年の美空は、裁判官にあこがれる優等生。なぜか学校の人気者、バンドマンの柊二と“仮”交際することに。だが、柊二の「浮気」現場を見た美空は…!?
絶賛発売中！
ill. by たま © Crypton Future Media, INC. www.piapro.net piapro

●角川ビーンズ文庫●

角川ビーンズ文庫
スキキライ
超人気!!
キュンキュンボカロ曲制作チーム♪
HoneyWorks楽曲が
物語となって登場!!
原案/HoneyWorks
著/藤谷燈子
イラスト/ヤマコ
大好評発売中!!
illustration by Yamako
© Crypton Future Media, INC. www.piapro.net piapro

春日坂高校漫画研究部
あずまの章
イラスト/ヤマコ
新感覚！胸キュン ドタバタ青春ラブコメ!!
待望の 第3巻
2015年10月1日
発売予定!!
〈発売中！〉①第1号 弱小文化部に幸あれ！ ②第2号 夏は短しハジケヨ乙女！